KB155726

If the world were a village of 100 people

세계가 만일 100명의 마을이라면

If the world were a village of 100 people 5
SEKAI GA MOSHI 100 NIN NO MURADATTARA OKANEHEN
Copyright © 2017 Kayoko Ikeda & C. Douglas Lummis
All rights reserved.
Original Japanese edition published in 2017 by MAGAZINE HOUSE Co.,Ltd.
Korean translation rights arranged with MAGAZINE HOUSE Co.,Ltd.
Through Japan UNI Agency,Inc., Tokyo and Korea Copyright Center, Seoul .

이 책의 한국어판 저작권은 ㈜한국저작권센터(KCC)를 통한
저작권자와의 독점계약으로 '국일미디어'가 소유합니다.
저작권법에 의하여 한국 내에서 보호를 받는 저작물이므로
무단전재와 무단복제를 금합니다.

If the world were a village of 100 people

세계가 만일 100명의 마을이라면

부자 편

이케다 가요코 (池田 香代子) 구성
더글러스 루미즈 영역 | 한성례 옮김

국일미디어

한 명의 작은 용기가
지구라는 큰 세계를 움직인다

추천사_최일도(목사, 다일공동체 대표)

    10여 년 전, 서점에서 《세계가 만일 100명의 마을이라면》이라는 제목의 책을 보고 깜짝 놀랐던 기억이 있습니다. '오대양 육대주에 속한 각 나라를 마을로, 63억 명의 세계 인구를 100명으로 줄이면 어떻게 될까…?'라는 놀라움으로 심장이 두근거렸지요. 글은 많지 않지만 생각할 거리가 굉장한 책이었습니다. 책을 한 장 한 장 넘길 때마다 '이 넓은 지구에서 '나'라는 작은 존재가 이렇게 큰 힘을 가지고 있구나!'라는 사실을 다시금 깨닫게 되었습니다.

    '사람, 이웃, 환경 편'이라는 소제목을 달고 나왔던 책들에 이어 이번에는 '부자 편'이 나왔습니다. '부자'라고 하면 어떤 이미지가 떠오르나요? TV 드라마에서 보았던 돈 많은 사람들의 화려한 삶? 인터넷 뉴스에 나오는 돈 많은 사람들의 갑甲질? 부자가 되기 위해 안 쓰고 안 입는 소위 짠돌이들의 모습?

    사람들이 생각하는 부자의 이미지가 어떠하든, '부자'라는 단어 안에는 그들의 욕망이 담겨 있기도 합니다.

책을 한 번 살펴볼까요?

10여 년간 세계 인구는 63억 명에서 73억 명으로 늘어났고, 배가 고파 생명을 잃을지도 모르는 사람은 줄었습니다. 인터넷을 사용하는 사람과 자가용을 이용하는 사람의 수는 늘었지요.

하지만 100명의 마을에서는 1명의 갑부가 가진 것이 99명이 가진 것과 거의 같습니다. 첨단문명의 발전과 함께 억만장자도 늘었지만, 가난으로 인해서 5초에 1명씩 아이가 죽어가고 있습니다. 더 많이 가지려는 사람이 늘어날수록 가진 것 없고 먹을 것이 없는 사람도 더욱더 늘어납니다. 억만장자는 늘었지만 평범하게 살던 사람의 수는 당연히 줄었습니다.

저는 이 책을 읽는 동안 30여 년 전, 청량리역 광장에서 쓰러진 한 분의 할아버지가 떠올랐습니다. 밥을 굶어 기력이 없어 발걸음을 옮길 수 없는 분이었습니다. 그 날, 그 곁을 지나가던 한 신학생의 작은 나눔이 오늘까지 이어졌습니다.

국내에서는 '밥퍼나눔운동본부'와 '다일작은천국', '다일천사병원' 등의 모습을 통해 사회적 약자라고 불리는 사람들의 손을 잡아주었습니다. 해외에서는 열 나라에서 열일곱 개의 '밥퍼나눔운동본부' 분원을 통해 빈민촌 아이들에게 밥과 꿈을 나누고 있습니다.

만약, 30여 년 전 청량리역을 지나던 신학생이 쓰러진 할아버지를 보지 못했다면 어땠을까요? 혹은 그 할아버지를 보고도 시간에 쫓겨 그 자리를 지나칠 수밖에 없었다면요?

만약 그 신학생이 할아버지를 만나지 못했다면, 할아버지를 지나치고 말았다면 지금 다일공동체에서 하는 모든 활동을 만날 수 없게 됐을지도 모르지요.

우리가 가진 것을 나누지 않은 채 꽁꽁 감추려고만 한다면 어떻게 될까요? 결국엔 모두가 모자란 삶을 살게 될 것입니다.

우리는 지구별이라는 공동체 안에서 더불어 살아가는 존재입니다. 우리의 손길이 필요한 소외된 이웃들에게 먼저 손 내밀고, 희망의 목소리를 들려줘 보세요.

《세계가 만일 100명의 마을이라면》이 책을 통해서 한 명의 작은 용기가 지구라는 큰 세계를 움직인다는 사실을 깨닫게 된다면 좋겠습니다. 나눔 문화의 실천과 아름다운 세상 만들기로 이어지는 것이지요.

1천 원은 적은 돈입니다. 편의점에 가서 1천 원으로 살 수 있는 먹거리는 몇 개나 될까요? 아마 열 손가락에도 못 미칠 겁니다. 하지만 많은 사람이 1천 원씩 모은다면 어떤 일이 벌어질까요? 끼니를 해결하지 못하는 사람에게 따뜻한 밥 한 그릇을 줄 수 있고, 비를 맞고 있는 아이에게 우산을 씌워줄 수 있으며, 준비물을 살 돈이 없는 학생에게는 학교에 가는 기쁨을 줄 수 있습니다.

현재 대한민국은 물론이고 전 세계는 집단 이기주의와 부익부 빈익빈이라는 시대적인 아픔을 겪고 있습니다. 부의 양극화로 인해 많이 가진 사람과 가지지 못한 사람의 차이는 점점 벌어지고 있는 현실이지요. 모든 답은 책 안에 있습니다. 작지만 생각할 거리가 많은 《세계가 만일 100명의 마을이라면》을 읽고, 상처를 치유하고 해결하는 세상을 만나기를 바랍니다.

지구는 하나뿐입니다

옮긴이의 말_한성례(시인, 번역작가)

높은 계단을 오를 때는 그 계단의 전부가 보이지 않아도 괜찮습니다. 중요한 것은 눈앞에 있는 계단을 하나씩 오르는 일입니다. 그러다보면 길을 잃지 않고 목적지에 다다를 수 있습니다. 무언가를 바꾸기 위해서는 쉬지 않고 움직여야 합니다. 아무것도 하지 않으면 굳어 버립니다.

돈도 마찬가지입니다. 흔히 돈은 돌고 돈다고 말합니다. 그런 의미에서 돈은 생물입니다. 이 생물들을 진정으로 올바르게 살게 하고 제대로 가치를 갖게 만들어야 합니다.

100명의 마을에서는 1명의 갑부가 대부분의 돈을 가졌습니다. 심지어 50명은 몹시 가난합니다. 이제 그 갑부들에게 푸른 지구별을 더욱 푸르고 아름답게 빛낼 수 있는 영광의 자리를 내주어야 합니다.

누구나 이 세상을 떠날 때는 한 푼도 가져가지 못한다는 것을 잘 알고 있지만 자신이 살고 있는 소중한 별을 위해 돈을 어떻게 활용해야 하는지는 제대로 알지 못하는 사람이 많습니다.

물이 없으면 인류는 살아가지 못합니다. 그 큰돈의 흐름은 거대한 강물과도 같습니다. 강물을 잘 관리하지 않으면 물은 범람하여 마을과 생명을 삼키고 산과 들판을 뒤덮습니다. 강물과 돈, 두 가지 모두 사람을 살릴 수도 있고 죽일 수도 있습니다.

자기 것을 누군가에게 주면 그만큼 제 몫이 줄어들기 마련이지만 사랑을 품은 나눔은 그렇지 않습니다. 오히려 주면 줄수록 풍부해집니다. 우리는 남과 나눌 때 '준다'라는 표현을 쓰지만 실제로는 자신이 '받는' 경우가 많습니다. 그 나눔은 강물처럼 세상을 돌고 돌아 자신에게로 돌아옵니다. 지구별은 갑부든 가난한 사람이든 다함께 살아가는 행성이니까요.

우리들 한 사람 한 사람이 모여 지구 마을을 이루고 있습니다. 당신의 행동과 결단은 전 인류를 대표합니다. 개인의 행동이 극히 작은 것일지라도 하나로 모이면 전 인류를 움직일 만큼 큰 힘을 갖습니다. 그러려면 마을 사람들의 의식이 변해야 합니다.

이 책에서는 100명의 마을에서 어떻게 하면 갑부 1명이 가진 돈을 50명의 가난한 사람들을 위해 올바르게 분배할 수 있을지를 모색했고, 전 세계적인 시스템 구축의 필요성과 해결책을 제시했습니다. 큰돈과 검은돈의 정체를 파헤쳤고 잘못된 부의 분배로 인해 어린이와 여성, 노약자들이 고통 받고 있는 현실도 직시했습니다.

성경은 '추수할 때 곡식을 밭 구석구석까지 다 거둬들이지 말고, 또 떨어진 이삭도 줍지 마라. 이 모든 것을 가난한 자와 나그네를 위해 남겨 두어라'라고 했고, 불경은 '가난한 이가 와서 구걸하거든 아까워 말고 분수껏 나누어 주라. 빈손으로 왔다가 빈손으로 가는 삶, 나와 남을 둘이 아닌 한 몸으로 생각하고 보시하라', '가난한 자가 있을 때 자기가 베풀지 못하면 남이 베푸는 것을 보고라도 기뻐하라'라고 했습니다.

같은 물이라도 소가 마시면 젖이 되고 뱀이 마시면 독이 된다고 했는데, 이 책에는 지구 마을 갑부들의 큰돈이 소가 마시는 물이 되기를 염원하는 마음으로 가득 차 있습니다.

가진다는 것은 무엇일까요? 부자란 잠깐 이 세상에 있을 동안 남보다 더 많은 부를 소유한 사람을 말하지만, 그 소유물이 자신의 것이라는 증거는 어디에도 없습니다. 분명 가지고 있었지만 이 지구별을 떠나는 순간 자신의 것은 아닙니다. 사람에게 가장 공평한 것은 시간과 죽음입니다. 이 지구 마을에서 누구나 행복할 수 있도록 큰돈을 잘 움직인다면 얼마나 좋을까요. 갑부이든 가난한 사람이든 똑같이 이 지구별이 내어 준 것으로 살아갑니다. 나눈다는 건 멋진 일입니다. 나누는 삶은 아름답습니다. 한 사람만이 풍요롭지 않고 50명의 가난한 마을 사람들 모두가 빈곤에 허덕이지 않는다면 이 지구는 분명 누구나 꿈꾸는 파라다이스일 것입니다.

우리는 할 수 있습니다. 이 지구마을에 태어난 이상, 버려지는 음식과 쌓여 있는 돈만으로도 소수만의 안락한 삶이 아닌 누구나 인간답게 살아갈 수 있는 지구별을 만들 수 있습니다. 외면하지 말고 그런 마을을 만들어야 합니다.

조금만이라도 나눌 수 있는 시스템을 정비하면 세계는 바뀝니다. 빈곤을 퇴치하면 지금의 아이들도, 앞으로 태어날 아이들도 편안하게 살아갈 수 있습니다. 이 지구 마을에서 혼자 웃어도 좋지만 함께 웃으면 더욱 근사하겠지요.

**2000년, 세계에는
61억 명의 사람이 살고 있었습니다.**

In the year 2000 there lived in the world
6 billion 100 million people.

국일미디어 기아대책

국일출판사와 기아대책이 함께하는
아름다운 마을 만들기 Project

아름다운 마을 만들기란?
'세계가 만일 100명의 마을이라면' 책을 읽고,
전 세계 빈곤 국가에 아이 한명을 결연하기로
다짐하는 프로젝트입니다.

매월 3만원의 후원으로 결연을

후원참여방법   신청서 작성 →   사진

기아대책 후원신청서 후원등록이 완료되면 후원자님의 결연아

아 동 결 연 월 3만원 / 명   □해외 _____ 명   □국내 _____ 명

후원자정보	성명 (남 / 여) 생년월일 * 기부금영수증 발급
주소	
자동이체신청	예금주 성명 (서 명)
은행명 · 계좌번호	
예금주와 후원자가 다를 경우	예금주 연락처

개인정보 수집 및 고유자 식별정보 처리 동의 안내
개인정보의 수집 및 이용목적

개인정보 수집 항목

<필수항목> 이름, 연락처, 주소, 만14세 미만은 법정대리인 정보,
자동이체신(은행명, 계좌번호, 예금주 성명,서명, 생년월일, 이체일)

*예금주와 후원자가 다를경우 :
　예금주와 후원자와의 관계, 예금주연락처

<선택항목> 성별, 생년월일, 주민등록번호, 이메일

개인정보 이용목적

_ 후원활동을 위한 회원관리 및 행정처리
_ 후원금 결제 및 후원회원 서비스 제공에 관한 계약
_ 신규 서비스 개발 및 마케팅, 광고에의 활용

개인정보의 보유와 이용기간 및 파기안내

_ 기관은 수집된 후원 신청서를 법정기간(5년) 동안 보유하며 그 이후는 폐기 합니다
_ 정보제공자가 개인정보 삭제를 요청할 경우 즉시 삭제합니다
　단, 타 법령의 규정에 의해 보유하도록 한 기간동안은 보관할 수 있습니다
_ 후원기간 종료 이후 만 5년 간 보관 후, 복원이 불가능한 방법으로 삭제합니다

위와 같이 개인정보를 수집, 이용 및 제3자에게 제공하는데 동의합니다

20   년   월   일   성명   (서명)

시작하세요!

을 문자와 우편으로 소개드려요!　　　　　　　　　　　　　K-18(국일)

실 경우 주민등록번호 뒷자리까지 기입	휴대전화
	이메일
이체일	☐ 5일　☐ 10일　☐ 20일　☐ 25일
예금주 생년월일 *법인일 경우 사업자번호	
예금주와 후원자의 관계	☐ 부　☐ 모　☐ 배우자　☐ 기타(　　　)

제 3자 제공에 대한 동의

제공받는 자 A 금융결제원, 국세청
　　　　　　　　B 코리아디엠, 유핏

제공받는 자의 개인정보 이용목적
_ 후원금 결제 및 후원회원 서비스 제공에 관한
　계약 회원관리

제공받는 항목 A 이름,연락처,주민번호,계좌정보
　　　　　　　　　B 이름,연락처,주소

제공받는 자의 개인정보 보유 및 이용기간
_ 후원 기간 동안 보유 및 이용
_ 정보제공자가 개인정보 삭제를 요청할 경우 즉시 삭제
　단, 타법령의 규정에 의해 보유하도록 andら 기간 동안은 보관 가능

고유식별정보 처리

_ 수집하는 고유식별정보의 항목 : 주민등록번호
_ 고유식별정보 수집 및 이용목적 : 연말정산처리
_ 고유식별정보 보유 및 이용기간 : 후원기간 종료 이후 만 5년 간 보관 후, 복원이 불가능한 방법으로 파기

개인정보 제공 등의거부권리 및 동의 거부에 따른 불이익 내용

신청자(정보주체)는 동의를 거부할 권리가 있으며 동의를 거부할 경우 불이익은 없으나, 후원신청이 불가합니다

만 14세 미만 후원자인 경우 반드시 법정대리인의 동의가 필요합니다.　☐ 동의함
법정대리인 성명　　　　　　　(서명)
법정대리인 연락처　　　　　　　　　　　　후원자와의 관계

기아대책은 1989년 국내 최초로 해외를 돕는 NGO로 설립되어 국내와 북한을 비롯한 전 세계 60여 개국에 기대봉사단을 파견하고, 국제개발협력사업 및 긴급 구호사업을 수행하고 있습니다.

VISION

기아대책이 꿈꾸는 미래는 굶주림을 겪는 모든 아이들과 가정, 공동체가 회복되어 또 다른 공동체를 돕는 것입니다.

"지금 이 순간 한 생명이 죽어갑니다.
그래서 우리는 한 생명을 살려냅니다."

기아대책
02-544-9544
www.kfhi.or.kr

「세계가 만일 100명의 마을이라면」

그로부터 15년 ──

Now, 15 years later

**세계에는
73억 명의 사람이 살고 있습니다.
만일 그것을
100명의 마을로 축소시키면
어떻게 될까요?**

In the world
there are 7 billion 300 million people.
If we shrink this world to the size of
a village of 100 people,
what will it look like?

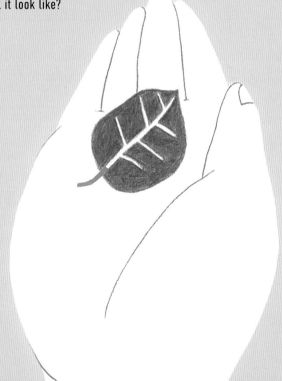

100명 중

Of the 100 people

26명은 아이들이고
74명이 어른들입니다.
어른들 가운데
8명은 노인입니다.

26 will be children,
74 will be adults,
and among those,
8 will be elderly.

60명이 아시아 사람이고
16명이 아프리카 사람,
13명이 남북 아메리카 사람,
10명이 유럽 사람,
나머지는 남태평양 지역 사람입니다.

60 will be Asians,
16 Africans,
13 from the Americas,
10 Europeans,
and one from the South Pacific.

54명은 도시에,
46명은 농촌과 사막이나 초원에
살고 있습니다.

54 will be living in cities, and
46 on farmlands, deserts and prairies.

도시에 사는
54명 중 12명은
빈민가 주민입니다.

Of the 54 living in cities
12 will be living in slums.

33명이 기독교,
23명이 이슬람교,
13명이 힌두교,
7명이 불교를 믿고 있습니다.
6명은 나무나 바위 같은
모든 자연에
영혼이 깃들어 있다고 믿고 있습니다.
18명은 또 다른
종교를 믿고 있거나
아니면 아무것도 믿지 않고 있습니다.

Of these 100 people
33 will be Christians,
23 will follow Islam,
13 will be Hindus,
7 will be followers of Buddhist teaching, and
6 will believe in the spirits living in
trees and rocks and all of nature.
18 will believe in other religions,
or in no religion.

별의별 사람들이 다 모여 사는
이 마을에서는
당신과 다른 사람들을
이해하는 일,
상대를 있는 그대로
받아들여 주는 일,
그리고 무엇보다
이런 일들을 안다는 것이
가장 소중합니다.

In this village
with its many sorts of folks,
knowing that
you must understand people
different from yourself
and accept people
as they are
will be most important.

세계가 만일 100명의 마을이라면 _부자 편

단 1명의 갑부와
50명의 가난한 마을사람들

One super-rich villager
and 50 who are poor

세계에는
다양한 통화가 있습니다.
달러, 유로, 파운드,
인민위안, 엔, 프랑,
크로네, 리라, 페소, 루피,
루블, 원 등
다 합쳐서 160종 이상입니다.

Around the world there are
many sorts of currency:
dollar, euro, pound, renminbi,
yen, franc, krone, lira, peso,
rupee, rouble, won
– in all, more than 160 types.

통화는
각각의 나라에서 발행하고
각각의 나라에서
쓰입니다.

Each country prints, mints,
and uses its own currency.

1년 동안 물건과 서비스를
사고판 금액의 총 합계가
그해 만들어낸 총 생산액, GDP입니다.
2000년 세계의 GDP를 달러로 환산하면

33조 달러였습니다.

2015년에는

73조 달러입니다.

The value of the goods and services
bought and sold each year,
that is, the wealth produced in that year,
is called the gross domestic product (GDP).
In 2000 the world GDP was
33 trillion dollars.
In 2015 it was 73 trillion dollars.

늘어난 부는 가장 부유한 사람들에게로
가장 많이 돌아갔습니다. 그 결과
만일 세계를 100명의 마을이라고 한다면
이 마을의 모든 부 중

49% 는 1명의 가장 돈이 많은
억만장자 갑부에게로

39% 는 9명의
부자에게로

11% 는 40명의 비교적
부유한 사람에게로 돌아갔습니다.

50명의 가난한 사람들이 가진 건
겨우

1% 뿐입니다.

Of this increase of wealth,
most went to the rich. As a result,
if we shrink this world to the size of
a village of 100 people,
of all the world's wealth
49% will belong to 1 super-rich person,
39% to 9 rich people,
11% to 40 moderately well-off people,
and to the 50 poorest people, a mere 1%.

100명의 마을에서는
1명의
갑부가 가진 부와
99명이 가진 것의 크기가
거의 같습니다.

So the wealth of the
1 super-rich person in the village,
and the wealth of the other
99 are about the same.

그래도 근래 15년 동안
배가 고파 생명을 잃을지도 모르는 사람은
9억 명 줄어서

8억 명이

되었습니다.
깨끗하고 안전한 물을
마실 수 없는 사람은
5억 명 줄어서

6억 명이

되었습니다.

But still, in the last 15 years
the number of people who are starving
went down by 900 million
and now stands at 800 million.
The number of people
who have no clean water to drink
went down by 500 million
and stands at 600 million.

인터넷을 사용하는 사람은
28억 명이 늘어서

32억 명이

되었습니다.
중국에서는 자가용이
1억 2,100만 대 늘어서

1억 2,400만 대가

되었습니다.

The number of people who use the internet
has increased by 2 billion 800 million
and stands at 3 billion 200 million.
In China, the number of private automobiles
has increased by 121 million
and stands at 124 million.

한편 부유한 나라들에서는
이런 사람이 늘고 있습니다.

At the same time there are,
in the rich countries, more and more people like this.

"지금까지 일하던 공장이 사라졌다.
수입이 절반으로 줄었지만,
일하는 시간은 늘었다.
임시직 같은 불안정한 일밖에 없다.
나는 대학을 나왔지만,
아이들은 대학에 보낼 수가 없다.
자격증은 있지만, 일이 없고
살고 있던 집에서마저 쫓겨났다.
병에 걸려도 약을 살 수가 없다."

People who had been working in factories,
but then the factories disappeared.
People whose wages have been cut by half.
People whose working hours have increased.
People who have only insecure temporary jobs.
People who have been to college,
but can't send their children to college.
People who have licensed skills, but can't find work.
People who have been forced out of their homes.
People who are sick, but can't buy medicine.

세계는 점점 풍요로워지면서
가장 가난했던 사람들의 수는 줄었습니다.
부유한 나라의
비교적 부유했던 사람들의 수도 줄었습니다.
새로 부유해진 나라의
비교적 부유한 사람들의 수는 늘었고
부자들을 억만장자 갑부로 만들었습니다.

As the world gradually becomes more prosperous,
the number of people in extreme poverty
and the number of people who are moderately well-off
are both decreasing.
In the newly prosperous countries
the number of people
who are moderately well-off is increasing,
while the rich are becoming super-rich.

왜 이렇게 되었을까요?
여기에는 이런 이유가 있습니다.

How does
It works

this happen?
like this.

많은 사람은 회사에 고용되어 일합니다.
회사에 따라서는 회사가 속한 부유한 나라보다도
임금이 낮은 가난한 나라에 공장을 짓습니다.
그러면 그 나라의 사람들은
전보다 부유해집니다.
회사는 회사가 있는
부유한 나라에서 일하는 사람들의 임금을 줄입니다.
이는 모두 다른 회사와의 경쟁에서
이기기 위해서입니다.

Many people in the world work for companies.
Many of those companies,
rather than locating their factories
in the wealthy countries where they are based,
move them to poor countries,
where the wages are lower.
As a result,
the people in those countries become wealthier,
and the wages of the people
working in the wealthier countries,
where the companies are based, go down.
This is in order to win out in the competition
with other companies.

예를 들면 일본에서 최근 15년간
사람의 임금은 총 12조 엔 줄었습니다.
일하는 사람의 연간 수입은 평균 50만 엔 줄었습니다.
회사가 쌓아둔 수익금의 합계는
2배인 380억 엔이 되었습니다.

For example in Japan,
over the last 15 years
the total amount of wages paid out
has gone down by 12 trillion yen.
The average annual wage of a working person
has gone down by 500 thousand yen,
while total company internal reserves have doubled,
and stand at 38 billion yen.

세계의 큰 회사들은
몇 개국에 걸쳐 활동하며
여러 많은 나라보다도
더 큰 돈과 힘을 가지게 되었습니다.

The world's great corporations
spread their operations over multiple countries
and have money and power
greater than many countries.

물건과 서비스와 정보는
국경을 넘어 매매됩니다.
이를 위해
몇 가지 화폐는 각각의 나라만이 아니고
전 세계에서 쓰이기도 합니다.
그중

44%는 미국 달러화,
16%는 유로화,
11%는 일본 엔화,
6%가 영국 파운드화,
3%가 오스트레일리아 달러화
입니다.

Goods, services and information
are bought and sold across borders.
That means some currencies
are used not only in their own countries
but are also used all around the world.
Of the money that crosses borders,
44% is American dollars,
16% is euros,
11% is Japanese yen,
6% is sterling pounds, and
3% is Australian dollars.

다른 나라의 물건과 서비스,
그리고 정보를 사기 위해
사람들은 자국의 화폐로
달러와 유로화를 삽니다.

When people from countries
with other currencies
want to buy goods, services
or information from abroad,
they need to sell their own currencies
to buy dollars or euros.

화폐의 가치는
다양해서
항상 바뀝니다.
예를 들면
1달러가 100엔일 때도,
120엔일 때도 있습니다.

The price of money varies
and is changing all the time.
For example, the American dollar
sometimes costs 100 yen
and sometimes 120 yen.

만약
여러 화폐를 잘
사고팔고 한다면
수익을 낼 수 있습니다.
세계의 통화 거래액은
하루에 5조 달러입니다.
그 15일분은
우리가 살고 있는
현실 세계의 GDP와 같습니다.

So if you skillfully buy and sell currencies,
you can make a lot of money that way.
The value of the money bought and sold
in the world each day
is 5 trillion US dollars.
In just 15 days,
that equals the value of the total GDP
in the real world we live in.

그 밖에도
수익을 얻기 위해
사고파는 물건은
석유, 광물, 콩,
밀, 옥수수 등
다양합니다.

There are other goods
that people buy
and then sell to make money.
Oil, metals, soybeans, wheat, corn
are some of them.

세계에는
화폐 외에
주식과 국채 같은
형태의
돈도 있습니다.

Aside from currency,
stocks and government bonds
can also be used as money.

주식은
회사가 사업에 필요한 돈을
모으기 위해,
국채는
국가가 부족한 예산을
보충하기 위해 팝니다.
구매한 사람들에게
회사는 수익 배당을,
국가는 이자를 지급합니다.

Stocks are sold by companies
to raise money to do business.
Bonds are sold by governments
to supplement their budgets.
Companies pay stockholders
a share of their profits.
Governments pay bondholders
in the form of interest.

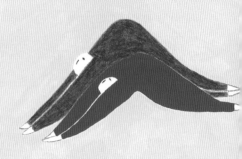

구매한 주식과 국채는
되팔 수 있습니다.
그 가치는 매일 바뀌므로
매매를 잘 하면
돈을 벌 수 있습니다.

People who buy stocks
or bonds can also sell them.
Their values change every day.
So as with currency,
if you skillfully buy and sell securities
you can make a lot of money that way.

The value of the world stock market
has doubled over the last 15 years,
and will soon equal the value
of the total world GDP.

세계 주식의 가치는
최근 15년 동안
2배 가까이 상승했고
곧 세계의 GDP와
같아질 것입니다.

화폐와 상품, 주식과 국채를
돈을 벌기 위해 사고파는 것은
도박과도 같습니다.
돈이 이 사람에서 저 사람으로 이동할 뿐
우리가 사는 실제 세계에서는
아무 일도 일어나지 않습니다.
하지만 이 거대한 카지노에서 오고가는 돈은
실제 세계 GDP의

3배 이상입니다.

This buying and selling of currency,
commodities, stocks and bonds is a
form of gambling.
Money is transferred
from one person to another
which contributes nothing
to the real world in which we live.
But the value of the money
transferred back and forth
in this giant casino,
is 3 times the value of the real world's GDP.

돈이 돈을 낳는 구조를 이용할 수 있는 사람들은
부자와 큰 회사입니다.
그중에는
엄청나게 많은 돈을 굴려
엄청나게 큰돈을 버는 사람이나 회사가 있습니다.
컴퓨터나 AI(인공지능)를 이용해서
화폐와 석유, 주식과 국채를
1초에도 몇천 번이나 사고팔고 합니다.

Those who can participate in this system
in which money gives birth to more money
are either the very rich people,
or big companies.
Among these are people or companies
who move absurdly large amounts of money,
and make absurdly large profits.
By using computers and artificial intelligence (AI)
currency or oil or stocks or bonds can be bought and sold
thousands of times per second.

벌어들인 돈으로
부자가 물건과 서비스를 사면
사회에 돈이 돌아
사람의 삶도 나아집니다.
하지만 이 도박으로 버는 돈은 너무 많아
아주 일부밖에 쓰지 못합니다.
넘치는 돈으로 부자는
다시 화폐와 석유, 주식과 국채를 삽니다.

If the rich use their money
to buy goods and services
the money flows back into society
and can improve people's lives.
But the money collected by the rich
in this form of gambling
is more than they can possibly spend.
So they use it in the game of buying and selling
more currency or oil or stocks or bonds.

돈이 들어오고 나가는 데는 규칙이 있습니다.
들어온 돈으로 세금을 내는 것도
중요한 규칙입니다.
규칙을 만드는 것은 정치의 역할입니다.
정치가들은 대부분의 나라에서
사람들이 선거로 뽑습니다.
하지만 많은 돈을 가진 사람과 회사는
돈의 힘으로 정치가를 응원합니다.
그러면
규칙은 부자에게 유리하게
바뀝니다.

In the matter of moving and making money,
there are rules.
One important rule is that
on the money you take in
you must pay taxes.
The making of these rules is the job of politics.
Politicians are in most countries chosen
by the people in elections.
But the rich use their money
to support certain politicians.
As a result, the rules are made so as to benefit the rich.

예를 들면 일본의 부자는
40년 전 그들 수입의

75%를

세금으로 냈습니다.
지금은

45%입니다.

For example in Japan,
40 years ago the super-rich paid
75% of their income in taxes.
Today they pay only 45%.

대한민국의 최고소득세율은
1975년 기준 70%, 2014년 기준 38%
출처: http://www.nabo.go.kr/index.jsp
(국회예산정책처)

전 세계적으로 회사가 납부하는 세금의 비율도
점점 낮아지고 있습니다.

All over the world
the tax rates for corporations
are rapidly declining.

국외로 넘나드는 특별한 방법으로
되도록 세금을 내지 않으려는
부자나 회사도 있습니다.
그만큼 각 나라는 거둬들이는 세금이 줄어듭니다.
여기서 정부는
사람의 삶을 위해 쓰는 돈을 줄이거나
사람에게서 받아들이는 세금을 더 늘립니다.
세금을 피해 어딘가에 숨겨둔 돈은
연간

7조 달러에 달합니다.
25조 달러일 수도 있습니다.

The rich can also avoid taxes
by moving their money outside the country.
This method is used by both rich individuals
and by corporations.
So the amount of money each government
is able to collect in taxes is reduced.
This means that those governments have less money
to use for public welfare.
It also means that those governments
must collect more taxes from ordinary people.
The amount of money hidden away every year
to avoid taxes might be 7 trillion dollars
or it might be 25 trillion dollars.

우리는 잘 알지 못합니다. 그것은 비밀이거든요.

No one knows. It's a secret.

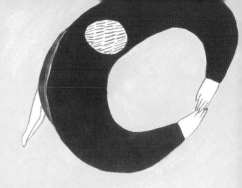

이렇게 우리가 일해서 번 돈은
실제 세계에서
큰돈을 움직이고
돈을 버는 사람에게로
계속 흘러들어갑니다.

In this way,
money flows from the real world
in which we live and work,
to the rich, who use it
to make more money.

And while this
poverty does

그 한편으로
가난은
여전히 사라지지 않습니다.

goes on
not go away.

세계의 아이들을 100명이라고 하면
그들 중 8명이
가족을 부양하거나
부모의 빚을 갚기 위해 일을 합니다.

If we think of the world's children
as being just 100 in number,
8 of them, to help support their families
or to help pay their families' debts,
are working.

초등학교에 다녀야 할 100명 중

9명은 다니지 않습니다.

중학교에 다녀야 할 100명 중

34명은 다니지 않습니다.

For every 100 children of elementary school age,
9 are not going to school.
For every 100 children of middle school age,
34 are not going to school.

가난으로
5초에 1명의
아이가
죽어가고 있습니다.

In the real world
one child dies of poverty
every 5 seconds.

기후 변화로
태풍과 홍수, 가뭄과 산불이
더 쉽게 일어나고 있습니다.
재해로 가장 고생하는 사람은
가난한 사람입니다.

Because of climate change
there has been an increase in typhoons and flooding,
drought and forest fires.
The people who suffer the most
from these disasters are the poor.

매일 세계 어딘가에서는 전쟁이 일어납니다.
세계의 아이들을 100명이라고 하면
11명이 전쟁 지역에 살고 있고
1명은 전쟁 지역인 고향을 떠나
난민으로 살고 있습니다.
전쟁이 일어나는 곳은 대부분 가난한 나라입니다.
꼭 그렇지 않다 해도 전쟁터가 된 나라는 가난해집니다.

Every day, somewhere in the world, wars are going on.
If we think of the world's children
as being just 100 in number,
11 live in war zones and
1 lives as a refugee far from home.
Wars are mostly fought in the poor countries,
or when that is not so
the countries they are fought in become poor.

빈곤은
사회의 근본적인 형태에도
원인이 있습니다.
돈만으로
퇴치하지는 못합니다.
하지만 돈으로 할 수 있는 일은
많습니다.

Of course, poverty is a social condition,
and can't be eliminated only with money.
But with money, much could be done.

빈곤을 없애려면 연간
2,810억 달러가 있으면 가능합니다.

It has been estimated that
to begin the elimination of poverty from the world
would require 281 billion dollars per year.

660억 달러는
절대 빈곤을 퇴치할 구조를 위해,
1,000억 달러는 건강을 위해,
502억 달러는 식량을 위해,

66 billion for a system for
eliminating absolute poverty,
100 billion for health,
50 billion 200 million for food,

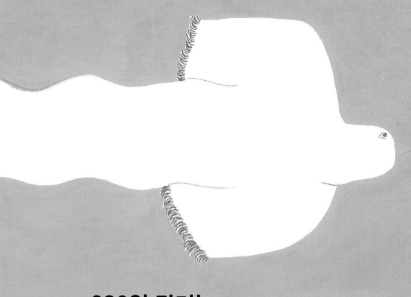

380억 달러는
아이들이 공부할 학교를 위해,
268억 달러는 안전한 물과
깨끗한 화장실과
제대로 된 하수도를 위해서입니다.

38 billion for schools,
26 billion 800 million for safe water,
clean toilets and proper drainage.

유엔에는 빈곤 퇴치를 전담하는 조직이 있고
연간 100억 달러를 쓰고 있습니다.
하지만 진정으로 빈곤을 퇴치하려면
매년 이 금액의
28년분이 필요합니다.

The United Nations has organizations working
to eliminate poverty,
which spend around 10 billion dollars a year.
But truly to begin eliminating poverty from the world
would require, each year,
28 years of the UN budget devoted to that.

Where could
money come

이렇게 많은 돈을 어떻게
모을 수 있을까요?

that kind of
from?

하지만
생각해 보세요.
세계에는 억만장자 갑부들이
있다는 것을.

But remember this:
there are people in this world
who are super-rich.

예를 들면 세계에는
**1,800명의 억만장자 갑부들이 있고,
이들 재산 전체를 합하면
6조 달러 이상이 됩니다.**

For example,
there are 1800 people
whose total wealth is more than
6 trillion dollars.

If

a tax of only 1% were put
on the wealth of these ultra-super-rich,
that would yield 60 billion dollars a year.

**만약
이들 최고 갑부들의 재산에
1퍼센트의 세금을 부과한다면**

1년에
600억 달러가

모입니다.

생각해 보세요.
매일 많은 화폐가
매매된다는 것을.

And remember this:
every day fabulous amounts of currency
are bought and sold.

If a 0.005% tax were placed
on this currency trading,
that would yield,
60 billion dollars per year.

만약
화폐 매매에
0.005%의 세금을 부과한다면

1년에
600억 달러가
모입니다.

더 이상의 기후변화를 막고
이미 일어난 재해를 복구하려면

연간
8,000억 달러가
필요합니다.

To prevent further climate change
and to respond to the disasters it causes
would require 800 billion dollars a year.

One of the causes of climate change
is carbon dioxide.

If

a tax of 25 dollars per ton
were placed on carbon dioxide emissions
that would yield
800 billion dollars a year.

만약
기후 변화의 원인 중 하나라고 알려진
이산화탄소를
공장이 1톤 배출할 때마다
25달러의 세금을 부과한다면

1년에
8,000억 달러가
모입니다.

세계에서는 연간

300억 달러의

무기가 거래되고 있습니다.

Every year 30 billion dollars are spent on
the international weapons trade.

If

a 10% tax were placed
on both buyers and sellers
in the weapons trade
that would yield 6 billion dollars a year.

만약
무기를 거래하는 구매자와 판매자 양쪽에
10%의 세금을 부과한다면
1년에

60억 달러가

모입니다.

국제선 비행기는 연간

14억 명 이상의

사람이 탑승합니다.
비행기로 외국에 가는 사람은
대부분이 비교적 잘 사는 사람입니다.

Every year more than 1 billion 400 million people
fly on international airlines.
People who fly on international airlines
are generally pretty well-off.

만약
국제선 항공권에 세금을 부과한다면
어떻게 될까요?

What if a tax were placed
on international air travel tickets?

이 제도는
이미 여러 나라에서 시행하고 있습니다.
항공권연대기금이라고 하여
승객은 1달러에서 5달러가량을 냅니다.
최근 10년간 15억 달러를 모아
개발도상국의 에이즈와 결핵, 그리고 말라리아를
퇴치하기 위해 사용하고 있습니다.

Actually, in a number of countries
this system is already in place.
Travelers pay between 1 and 5 dollars.
It's called Solidarity Levy on Air Tickets
In the last 10 years it brought in 1 billion 500 million dollars.
The money is used for the prevention and cure of
AIDS, tuberculosis and malaria in the poorer countries.

If

all countries joined this project
it could bring in at least
1 billion 400 million dollars a year.
Neither Japan nor the US has joined
in this project.

만약 모든 나라가 이 제도에 참여한다면
1년에 적어도

14억 달러가

모입니다.
일본과 미국은 아직 이 제도에
참여하지 않았습니다.

대한민국은 2007년 9월 '국제빈곤퇴치기여금' 이라는 명칭으로 이 제도를
도입하였습니다. 국내에서 출발하는 내·외국인 국제선 탑승객에게 1천 원씩
징수하여 개발도상국 감염병 예방 및 퇴치 활동에 지원하고 있습니다.

2050년 세계의 인구는 97억 명을 넘어설 것으로 예상합니다.

By the year 2050
the world population
is expected to exceed
9 billion 700 million.

인도의 정신적 지도자 마하트마 간디는 말했습니다.
"도덕이 결여된 상업은 죄악이다."

Mahatma Gandhi once said,
"Commerce without morality is sin."

이런 말도 있습니다.
"서로 빼앗으면 부족하지만, 서로 베풀면 남는다."

There is also this saying:
"When people scramble to get more
there is never enough.
When they share,
there is a surplus."

지구는 하나뿐입니다.
조금이라도 서로 베푸는 제도가 구축된다면
세상은 바뀔 수 있습니다.
여성도 아이도 노인도
장애가 있는 사람도 병든 사람도
어디서 태어났더라도,
누구 한 사람도 빈곤 속에
버려지지 않고
아이들도 또 그들의 아이들도
만족하며 행복하게 살 수 있는
세상으로 바뀔 수 있습니다.

세계는 큰 배입니다.
곧바로 뱃머리를 돌리지는 못합니다.
앞길엔 거대한 빙산이 즐비합니다.
부딪히면 배는 침몰합니다.
하지만 지금 배는 항로를 바꾸기 시작했습니다.
수많은 나 그리고 우리가 힘을 합친다면
이 배를 더 바람직한 목적지로
인도할 수 있습니다.
틀림없습니다.

There is only one earth.
If a system were put in place
for sharing even this small a portion
of the world's wealth
the world could be changed to
a place where women, children, elderly people,
disabled people, people with illnesses
no matter where they were born
would not be abandoned in the midst of poverty;
a place where they,
and their children,
and their children's children,
could live in happiness.

The world is a great ship,
and cannot quickly change its course.
But ahead are giant icebergs.
Hit one, and the ship goes down.
But the ship has begun to turn away.
If enough of us put our strength together
sailing to a different destination,
will be possible.

Take a shovel, go to any field or garden
and begin to dig a hole.
You will pass through soil rich with roots,
insects and microorganisms and reach the hardpan,
which does not sustain life.
Take a trip by air,
and the airplane will take you
to a height where no bird flies.
Oxygen is pumped into the cabin
so the passengers will not die of asphyxiation.
Between the bottom of your hole and your airplane
is what we call the biosphere:
as far as we know,
the only place in the universe
where life is possible.

모종삽을 들고 밭이나 정원으로 가서 땅을 파면, 풀뿌리와 벌레와 미생물로 가득한 기름진 땅이 나옵니다. 그대로 더 파내려 가면 생명이 살지 않는 지층이 나옵니다. 비행기를 타면, 비행기는 새도 날지 못하는 높이까지 올라갑니다. 비행기 안은 승객이 질식사하지 않도록 산소로 가득 차 있습니다. 땅의 밑바닥과 비행기가 나는 높이, 그 사이가 생물권입니다. 우리가 아는 한, 거대한 우주에서 인간이 살 수 있는 단 하나의 장소가 이 지구의 생물권입니다.

Within this biosphere,
we humans have created an industrial society
that produces fabulous wealth.
But much of this wealth is wasted
producing useless things, harmful things,
or on gambling, which produces nothing.
The extreme inequality created by this system
destroys human solidarity,
destroys human dignity,
destroys hope,
and produces rage and war everywhere.
And in the meantime, the biosphere
is overheating and steadily shrinking.

생물권에서 우리 인간은 터무니없이 거대한 부를 낳는 산업사회를 만들어 냈습니다. 하지만 부의 대부분은 별 의미 없이 쓰입니다. 쓸모없거나 유해한 것을 만들고, 혹은 아무것도 생산하지 않는 도박에도 쓰입니다. 게다가 부의 대부분은 극단적인 불평등을 낳았습니다. 불평등은 사람과 사람의 연대를 파괴하고 인간의 존엄성을 파괴하고 희망을 파괴합니다. 그리고 곳곳에서 증오와 전쟁을 일으키고 있습니다. 그 사이에 생물권은 과열되고 조금씩 줄어들고 있습니다.

To turn this process to a different direction
we don't need to become saints.
It only requires the plain common sense
that we already have.
To put pollutants in our water, and drink it,
to make enemies of our fellow humans,
and fight them, to destroy the biosphere:
these things defy common sense.
To create an era where despair is common sense,
is a very stupid thing to do.

Money cannot solve all our problems,
but it can begin to turn the operation
of the world economic system to a different direction
so that hope can again be common sense.

나아가는 방향을 바꾸는 데 우리가 꼭 성자가 될 필요는 없습니다. 우리 모두가 이미 가지고 있고, 알고 있는 보통 상식만으로도 충분합니다. 물에 오염 물질을 넣어 마시거나 친구여야 할 인간들이 서로 적이 되어 싸우는 일은 비상식적입니다. 절망감이 상식이 되는 시대를 만들어내는 일은 너무나도 어리석은 짓입니다.

오로지 돈만으로 우리의 모든 문제를 해결할 수는 없습니다. 하지만 지금의 세계경제 구조를 다른 방향으로 전환할 수는 있습니다. 그럴 경우 희망은 다시 우리의 상식이 됩니다.

———————————————— C. Douglas Lummis
C. 더글라스 루미스

If the world
were a village of
100 people

세계가 만일 100명의 마을이라면 _부자 편

단 1명의 갑부와
50명의 가난한 마을사람들

—— **해설** ——

"세계가 하나 된다"라는 말을 들으면 우리는 가슴이 두근거립니다. 존 레논은 세계가 하나가 되면 전쟁이 사라질 거라고 노래했습니다. 《세계가 만일 100명의 마을이라면》의 콘셉트도 이 두근거림에서 시작했습니다.

지금 우리는 세계가 하나 된 글로벌 시대에 살고 있습니다. 이 시대가 시작될 때 사람과 물건, 그리고 돈이 자유롭게 오가서 더욱 풍요로워지며 더욱 합리적이고 평화로운 세계가 될 것이라고 생각했습니다.

그러나 현실은 어떤가요? 전쟁과 다툼은 끊이지 않고, 지구를 하나로 연결한 인터넷 덕분에 눈 깜짝할 사이에 돈과 정보는 최단기간에 거대한 자유를 얻었습니다. 그 결과 정보와 돈을 손에 쥔 사람 몇 명이 시대의 제패자로 떠올랐습니다.

돈은 자유의 빈도를 늘리고 결국 그들만의 공간에서 격렬하게 움직여 자기증식이 한창입니다. 어느 날 갑자기 한 지역으로 돈이 몰려 그곳 사람들을 가난에서 해방시키기도 하지만, 다른 곳에서는 갑자기 돈이 빠져나가 그때까지의 생활 수준을 영위하지 못하는 사람들도 생겨났습니다. 세계는 글로벌 시대가 되었지만, 여전히 빈곤의 늪에 빠져 있는 사람과 새로 가난해진 사람, 두 종류의 가난에 허덕이는 사람들을 떠안게 되었습니다.

가난은 삐뚤어진 정의를 키웠습니다. 결국 먼 나라에서 테러라는 형태로 나타난 것이 21세기의 시작이라고 한다면, 새로운 가난이 사회나 우리의 이웃 속에서 적을 지목하여 배척과 분열이라는 자학행위를 하는 모습은 최근 10년 사이의 얼굴이라고 할 수 있겠지요.

돈이 자유롭게 움직이는 시스템을 계속 만들어냈지만, 그 폐해를 미화

하여 모든 사람이 정직하게 살 수 있는 구조를 마련하려는 노력을 소홀히 한 결과가 지금 이런 모습을 가져온 것은 아닐까요?

부를 좇는 활동을 그대로 방치하면 야만이 됩니다. 수익 추구 수단이었던 노예제도도, 식민지 지배도, 예전에는 정당했지만 지금은 불의라는 딱지가 붙었습니다. 현재 당당하게 활개치며 이익을 내는 경제활동에도 인류 전체, 그리고 지구환경에 불합리하다는 판단이 내려져 세계 규모의 새로운 규칙이 생겨날 날이 멀지 않았음을 믿고 싶습니다.

그렇게 되었을 때 비로소 이 새로운 야만시대가 끝나고 전 세계의 모든 사람이 존엄을 지키며 살아가는 글로벌 민주주의의 시대로 다가갈 수 있지 않을까요?

－이케다 가요코 (池田 香代子)

세계를 달리는
'머니'라는 것의 정체

우치하시 가쓰토 (内橋克人)

신문기자를 하다가 1967년부터는 경제평론가로 활동 중이다. 미야자와 겐지·이하토브 상. NHK 방송문화상 등을 수상했다. 저서로는 《원자력 발전소의 경종》, 《공생의 대지》, 《우치하시 가쓰토의 동시대에 대한 발언(전8권)》, 《또 하나의 일본은 가능하다》 등이 있고 공저로 《이미 시작된 미래》 등이 있다.

'돈'과 '머니'는 다릅니다. 일상의 필수품을 얻기 위한 대가로 지급한 '돈', 일을 하고 보수로 받는 임금과 쓰고 남은 일부는 미래를 대비해 모으기도 합니다. 사소한 저축까지 포함해서 우리 주변에 '돈'은 확실히 존재합니다. 하지만 만지는 것은 물론이고 보지도 못하는 것이 '머니'입니다. 이 엄청난 머니가 세계를 떨게 하고, 사람들의 생활을 뿌리째 흔들기도 합니다. 현재 지구에 사는 모든 사람은 항상 '머니'가 일으키는 경제 패닉과 생활을 교란시키는 위험에 노출되어 있습니다.

우리말로 하면, '머니'는 즉 '돈'이지만 지금 우리는 이를 엄격하게 구분해야 하는 '머니자본주의' 시대의 한복판에 살고 있습니다. 대체 '머니'란 무엇일까요? 최근의 두 사례를 돌아보면 '돈'과 '머니'의 차이가 분명해질 것입니다.

첫 번째는 1997년 태국화폐 바트에서 시작된 '아시아 외환위기'이고, 두 번째는 2008년 '서브프라임 모기지 사태'에서 비롯된 '리먼 쇼크'입니다. 둘 다 미국발 경제사태지요. 하지만 지금 아베 정권의 일본에서는 중

앙은행·일본은행이 '다른 차원의 금융 완화' 정책을 추진하여 사회를 '머니 샤브샤브'로 만들어, 사람들의 기대 인플레이션을 부채질하고 있습니다. 당연히 '머니'의 심각한 위험에 노출되어 있는 것이지요. 세계의 구조를 깊이 알려면 그 전제로 세상을 달리는 '머니'라는 것의 정체를 냉철히 꿰뚫어볼 수 있는 안목이 반드시 필요합니다.

아시아 외환위기를 불러일으킨 '매드머니'

'피투성이 바트'라는 비명과도 같은 말을 들어보신 적이 있습니까? 바트는 태국의 통화 단위입니다. 이것이 '피투성이'가 되어 결국에는 아시아 외환위기의 방아쇠를 당깁니다. 통화전쟁에서 공격당한 바트가 비참한 결말에 이르기까지의 길을 되짚어보면 머니가 무엇인지 그 일부분을 알게 됩니다.

1997년 5~7월, 태국통화인 바트가 환율시장에서 급락하여 2개월 후 인도네시아 루피아, 그 다음에는 빠르게 필리핀 페소에서 말레이시아 링깃, 마침내 한국의 원까지…… 아시아 여러 나라를 집어삼켰습니다. 한국은 1997년 11월에 IMF 외환위기가 왔습니다. 바트는 거의 3개월 만에 40% 가까이 급락합니다. 이것이 '통화전쟁'입니다.

격렬한 공방전 끝에 승리를 거머쥔 건 태국이라는 나라가 아니고 '머니' 였습니다. 요컨대 머니가 이기고 국가가 진다는 결말이었죠. 바트를 벼랑 끝으로 내몬 것은 미국발 '헤지펀드(투기적 투자업자)'가 걸어놓은 '통화 공매매(空賣買)' 때문이었습니다. 헤지펀드가 맹위를 떨친, '이익이 이익을 낳는다'라는 시스템을 살펴보겠습니다.

환율 시장은 각국의 통화를 매매하는 곳입니다. 헤지펀드는 여기서 공매수를 합니다. 공매수란 '실물'을 소유하지 않고도 거액의 매매가 가능한 거래를 말합니다. 외화를 '매수'하면서 동시에 '판매' 거래도 계약합니다. 차익 결제라고도 합니다. 시세 하락을 노리고 매물을 쏟아내면 '다시 사들일 때' 드는 액수가 낮아지니 그 차액, 즉 수익이 커집니다. 실제 경제와는 상관없이 시장이 변동하면 할수록 '차익'이 불어납니다. 헤지펀드는 '진화하는 IT기술'을 엮어 맹렬한 속도로 '공매매'를 돌립니다. 그러면 거대한 '차익'이 점점 쌓이고 또 쌓여가는 시스템으로 이뤄져 있습니다. 헤지펀드를 하는 쪽도 환율시장을 움직일 수 있을 만큼 거액의 머니를 가지고 있어야 합니다.

머니는 이렇게 일상의 돈과는 떨어진 곳에서 최첨단 기술을 엮어 'IT머니'가 되고, 이 IT머니가 세계 경제를 움직입니다. 이러한 '머니 자본주의'가 바로 우리가 살고 있는 사회의 실상입니다.

그렇다면 당시 바트는 어째서 광폭한 헤지펀드의 제물이 되었을까요?

'실제머니'와 '허상머니'

1980년대 미국은 '쌍둥이 적자'에 빠져 있었습니다. 일본의 대미 수출은 갈수록 증가하여 비난의 대상이 되고 있었지요. 일본의 엔화가 너무 저렴하게 상장되어 일본 제품의 경쟁력은 높아지고 미국의 무역 적자는 늘어간다고 했습니다. 문제를 해결하려면 엔화를 올려야 한다는 뜻입니다.

재정 적자, 무역 적자라는 '쌍둥이 적자'에 빠진 미국이 스스로 주도하여 엔화가 싸고 달러화가 비싼 상황을 시정하고자 '플라자 합의(1985년)'

를 열었습니다. 이를 계기로 미국이 원하는 대로 풍향이 바뀌었습니다. 환율 시장은 달러화가 낮아지고 엔화가 올라 달러의 상장 하락이 시작되었습니다. 여기까지는 좋았을지 모릅니다. 하지만 곧이어 미국 국내에서 인플레이션이 일어났습니다. 달러 환율이 낮아지자 일본은 물가가 상승하였습니다. 인플레이션이 발생하여 상황이 거꾸로 돌아가기 시작했습니다. 다급해진 미국 정부는 인플레이션을 억제시켰고, 이로 인해 또 '달러화 상승'을 유도하여 환율정책을 반대로 돌릴 수밖에 없었습니다.

이 강대국들의 행동에 휘둘린 것은 다름 아닌 아시아의 여러 나라였습니다. 왜냐하면 태국을 비롯하여 앞서 언급한 나라들은 '달러 페그제'라고 하여 자국의 통화를 달러와 연동하는 제도를 시행했기 때문입니다. 달러가 오르면 바트도, 루피아도, 페소도, 링깃도 같이 오르고, 반대로 달러가 내려가면 그들의 통화도 같이 내려가는 시스템입니다. 당연하게도 강대국의 통화변동은 강한 경제력을 가졌다고는 볼 수 없는 아시아의 신흥국으로 직접 불똥이 튀었습니다. 앞서 언급했듯이 이유 여하를 불문하고 상장 변동은 헤지펀드부터 시작하여 각종 투기꾼, 투자가(기관 투자가를 포함함)에게는 군침이 돌 정도로 하늘에서 떨어진 좋은 기회입니다. 아니나 다를까, 빤한 상황이 펼쳐졌습니다. 이것이 '아시아 통화전쟁'의 서막입니다.

달러와 연동된 바트는 달러가 오르면 같이 올라갑니다. 하지만 실제 경제력은 따라와 주지 않습니다. 결국 바트의 상장과 실제 경제 간의 괴리가 발생합니다. 이 빈틈을 노린 헤지펀드가 거액의 '판매'를 걸어놓습니다. 태국 정부는 자국 통화를 사들여 더 이상의 하락을 억제해야 하지만,

너무나도 급속한 통화하락을 따라가지 못해 결국은 다른 나라들에게 지급해야 할 달러를 조달하지 못합니다. 그 사이 '차액'은 '판매'를 걸어놓은 헤지펀드의 호주머니 속으로 들어갑니다. 이렇게 자금력을 확보한 헤지펀드는 기세를 몰아 '판매'를 더욱 가속화합니다. 악순환을 반복하는 사이, 정부가 아무리 자국 통화를 사들여도 더 이상은 버티지 못해 나락으로 떨어집니다. 헤지펀드와의 지구력 싸움에서 결국은 국가가 먼저 백기를 들었습니다.

파탄한 나라들 앞에는 IMF(국제통화기금)의 지원과 그 돈을 갚아야 한다는 엄격한 '속박'이 기다리고 있습니다. 결국 IMF의 지도대로 시장개방, 외국 자본의 행동자유화, 국영기업의 민영화 등 정해진 '개혁'을 실행해야 하는 처지로 전락하는 것이지요.

근면한 태국의 일반 서민이 열심히 일해서 모은 소액의 예금과 저축마저도 갑자기 지급 정지라는 쓰라림에 노출되었습니다. 정당한 노동의 보수가 '머니'를 조종하는 자들의 손아귀로 들어간 것입니다. 한국을 포함하여 아시아의 여러 나라에서 같은 비극이 이어졌습니다.

이상이 아시아 외환위기의 시작과 결과입니다.

연마된 '금융공학'

2008년 세계는 더욱더 끔찍한 위기에 놓입니다. 바로 '리먼쇼크'입니다.

계약 만료로 해고되어 노숙자로 전락한 비정규직 노동자를 위해 도쿄의 히비야 공원에 급히 만들어진 임시 난민캠프 '해넘이 파견촌', 아직도 일본인들의 머릿속에 생생하게 기억되고 있습니다. 그 전 단계인 '서브프라임론 파탄'부터 검증해 보겠습니다.

1997년 '아시아 외환위기'가 발발한 지 11년 남짓, 그동안 머니를 조종하는 기술(금융공학), 그리고 IT 기술이 가장 많은 진화를 거듭해 왔습니다. 이것은 머니를 '상품화'하는 테크닉이 계속 연마되었다는 뜻입니다. 이 두 기술이 진화할 수 있도록 한 복잡하고 기괴한 '서브프라임론'이 무엇인지, 이 이상한 실태부터 살펴보겠습니다.

일찍이 미국에서는 저소득자와 생활 빈곤자에게 적어도 '비바람이라도 막을 집'을 제공하자는 생각으로 NPD(Private or Nonprofit Developer)같은 봉사 활동을 시행해왔습니다. 그 시기인 1980년대에는 레이건 정권의 레이거노믹스(레이건 정권하에 전개된 신자유주의적 경제활동)가 등장하여, 정부가 저소득층을 대상으로 실시해 온 주택 보조 정책들이 갑자기 폐기되어 미국 전역에 노숙자가 급증합니다.

빈곤자들을 구하려는 사명감에 가득 찬 운동은 1980년대 들어 미국 전역에서 빠르게 퍼졌습니다. 늘어만 가는 저소득 가족에게 비영리, 저금리로 자금을 빌려주는 지역개발 금융기관인 CDIF가 미국 전역에 800곳가량의 사업소를 차리기도 했습니다.

여기에 난입한 것이 바로 그 '서브프라임론'입니다. 돈이 없는 계층의 사람들을 상대로 이루어지는 이 대출에 '제법 돈벌이가 된다'며 눈독을 들이는 사람들이 생겨났고 IT 불황 후에 부동산 버블로 경기를 회복하려던 부시 정권이 들어선 후로는 저소득층을 노린 '최적'의 사냥터로 성장합니다. 물론 배후에는 세계를 대표할 정도로 큰손을 가진 금융기관들이 도사리고 있었습니다.

이상한 '경제적 부도덕성'

저소득자와 빈곤층을 상대로 한 주택 대출 시장에 숟가락을 얹은 금융기관의 '서브프라임론'에는 근본적으로 '부도덕성'이 숨어 있었습니다.

먼저 '서브프라임'이란 무엇일까요? 주택을 마련할 소득도, 재산도 없거나 과거에 빚 청산을 제때 하지 못했다는 기록을 가지고 있어서 신용등급이 낮은 '요주의' 인물들을 '서브프라임'이라 불렀습니다. 반대로 신용이 높은 사람은 '프라임'이라고 부르며, 그 사이에도 신용을 기반으로 몇 단계씩 나눈 등급이 존재하는 것이지요.

세력은 상환 능력에 물음표가 붙는 채무자에게 '내 집 마련'이라는 꿈을 씌워 주택 구입을 부추겼습니다. 채무자들을 쉽게 모을 수 있던 이유는 무엇보다도 빚 상환 방법에 교묘한 장치를 만들어 놓은 탓입니다. 이 속임수의 순서를 보여 드리겠습니다.

첫째, 채무 상환 조건이 변합니다. 처음 2~3년간의 상환 이자를 아주 낮게 설정합니다. 무이자도 있었습니다. 그러나 얼마 후 갑자기 이자가 급등합니다. 여기서 발생하는 근본적인 '변동금리'를 세일 포인트로 잡아 금융기관에서 사람들을 감언이설로 끌어들입니다.

"고객님, 2~3년 후에 상환 이자가 높아지면 반드시 이 집의 평가 금액도 엄청나게 오를 겁니다. 그 차액을 담보로 또 돈을 빌려 드리지요. 그리고 더 좋은 조건의 대출 상품으로 갈아타서도 좋습니다."

이런 수법으로 업자들은 고객 한 명에게 몇 번이고 돈을 빌려주어 수수료를 벌어들일 수 있었습니다.

둘째, 융자한 자금은 '화학변화'를 일으킵니다. 요컨대 서브프라임 등급의 사람에게 빌려준 돈, 금융기관에서 보자면 대출 채권은 몇 단계의 장치를 거치면 완전히 다른 금융 상품으로 바뀝니다. 마치 화학변화라도 일으키듯 말입니다.

셋째, 금융기관은 그 화학변화 후 생긴 다른 금융 상품을 곧바로 증권화합니다. 여기서 조성된 증권은 시장을 매개로 해서 또 다른 금융기관으로 흘러들어갑니다. 바로 '주택 대출 담보 증권'의 탄생입니다. '돈'이 '머니'로 변질되는 순간이라 할 수 있습니다.

넷째, 증권을 세계 시장에 뿌립니다. 세 번째 과정을 거쳐서 탄생한 증권이 뒷받침되어 또다른 증권을 위험도별로 조성해서 세상에 뿌립니다. 채무담보 증권이라고 하지요. 증권을 사들인 투자가와 기업가는 이를 담보로 CP(Commercial Paper)라고 하는 새로운 금융 상품을 발행합니다. 다시 이를 담보로 해서 금융 시장에서 현금을 조달하여 다음 자금 운용처로 돌립니다.

다섯째, '특별 목적회사'를 조세 회피처에 설립합니다. 결국에는 이 복잡한 증권화 상품에 투자하는 '특별 목적회사(conduit, 본래는 액체나 기체가 흐르는 도관을 의미함)'를 텍스헤븐(Tax Haven, 조세 회피처)에 설립합니다. 세금 부과를 피할 뿐만 아니라, 마치 어디에 무엇을 얼마만큼 섞었는지 알수 없는 불량 음식처럼, 썩은 고기조차도 선별할 수 없도록 만듭니다. 미국 최대 큰손인 씨티그룹 같은 기업들은 조세 회피의 천국인 케이맨 제도에 명목회사를 세웠지만 실제 자금운용은 런던에서 할 정도로 당당함을 보였습니다.

이처럼 서브프라임론의 도관(경로)을 되짚어서 '허구의 경제'에 대한 윤

곽을 보여드렸습니다. 올바로 생각할 줄 아는 사람이라면 누구라도 '이 대로는 안 된다'며 눈살을 찌푸릴 것입니다. 뻔한 결과이기는 하지만 2008년 9월, 염려했던 대로 거대한 파탄이 닥칩니다.

이것이 두 번째 주제로 거론한 '리먼 쇼크'입니다.

이라크 공격에서 리먼 쇼크까지

세계 공황에 버금간다는 역사적인 경제 파탄은 조지. W. 부시(재임 2001 ~2009년)가 수장으로 있는 미국을 진원지로 하여 발생하였고, 점점 세계 로 뻗어나갔습니다.

부시 대통령이라면 9·11테러와 아프간 침공, 이라크 전쟁을 생각하는 분들이 많을 것입니다. 하지만 전쟁 외에도 정치적 실책을 몇 가지 저질렀 습니다. 미국 내 경제는 물론이고 후세에도 재앙을 몰고 올 만한 수준이 었지요. IT버블로 망가진 경제를 바로잡기 위해 '부동산 버블'을 내건 것 도 그 사례 중 하나입니다. (참고로 그는 지지율 19%로 역대 사상 최저를 기 록하였습니다.)

앞에서 짚은 '고위험도 서브프라임론'이 미국 전체를 집어삼켰을 때도 우 리는 그 배경에 부시 정권의 경제정책이 있었다는 것을 기억해야 합니다. 광란의 끝에 도달한 순간, 버블은 꺼지고 눈 깜짝할 사이에 주택과 부동 산 가격이 하락했습니다. 2008년 9월 15일, 결국 그날이 닥쳤습니다. 거 액의 '서브프라임론' 채권을 보유한 미국 4위의 투자은행 '리먼 브라더스' 가 이날 연방재판소에 연방파산법의 적용을 신청하고 사실상의 파산을 선 언했습니다. 주택 가격의 거품이 꺼지고 정부의 공적자금 투입도 발동되지 않았으니 두 손을 들 수밖에 없었습니다.

　부동산 버블이 한창일 때 수없이 나온 금융 파생상품의 덤핑은 시작되었고, 부채로 인한 연쇄 파산에 돌입했습니다. 리먼 브라더스만의 부채 총액은 일본 엔으로 64조라고 할 정도였습니다. 현재까지도 이때 발생한 불량 채권 중 적지 않은 부분의 행방이 묘연합니다. 어디에 얼마만큼 어떤 형태로 섞인 채 남아 있는지 아직도 밝혀지지 않았다고 합니다.

　트럼프 미 대통령은 선거전이 한창일 때 "멕시코 국경에 벽을 세우겠다! 비용은 상대가 부담한다!"라고 외쳤습니다. 불법 이민자의 출입을 막기 위해서 한 말이었지만 아무리 견고한 벽을 지어도 머니의 힘찬 물살은 막지 못합니다. 트럼프 대통령의 탄생으로 '글로벌 머니 자본주의는 끝났다'라는 의견은 이제부터 다가올 세계가 보여주는 현실로 인해 어긋날지도 모릅니다. 우리는 지금이야말로 '머니'와 '돈'의 차이를 문제 삼을 때입니다.

유엔 밀레니엄 개발 목표에서
미래로 이어지는 우리의 과제

오노 요코 (大野 容子)

외국 자본계 석유회사 재무조사 본부에서 근무했으며, 동시에 베트남 소수민족의 생활 지원을 하는 자일장학사업에서 일했다. 퇴사 후 PARC에서 개발 원조에 종사하기도 했으며 영국 유학 후에는 PARC 사무국장과 대리이사를 거쳤다. 2009년부터 민간 싱크 탱크에서 근무하다가 현재 공익 사단법인 '세이브 더 칠드런 재팬'에서 활동하고 있다.

손에 닿지 않는 사람들까지

우리가 사는 세계는 빈곤, 환경악화, 분쟁 같은 다양한 문제를 안고 있습니다. 이러한 지구 규모의 과제는 국제사회가 힘을 합쳐 함께 해결해 나가는 것이 중요합니다. 이런 생각을 바탕으로 2000년 UN에서 'UN밀레니엄선언'이 채택되었습니다. 이 선언과 더불어 1990년대에 개최된 중요한 국제회의, 정상회의 등에서 개발에 관한 다양한 국제적 목표에 관해 이야기를 나누었고, 채택된 것들을 통합하여 만들어진 것이 '밀레니엄 개발 목표(Millennium Development Goals, MDGs)'입니다. MDGs는 2015년까지 달성해야 할 8가지 분야의 목표와 구체적인 목표치를 잡고 대상을 정했습니다.

다음 페이지의 표에서 볼 수 있듯이 몇몇 목표는 대단한 진보를 이루었고, 또 몇몇 목표는 달성하였습니다. 하지만 여전히 완수하지 못한 목표와 대상도 있습니다. MDGs의 네 번째 목표인 '영유아의 사망률을 낮춘다'와 다섯 번째 목표인 '임산부의 건강을 개선한다'에서는 사망률에서 개선은 보였지만 목표는 달성하지 못했습니다. 또한 세계 전체가 협력해야 할 목표 중 여덟 번째인 '지구 규모의 파트너십을 쌓는다'를 비롯해서 금융 시스템의 불안전성과 개발도상국의 채무증가 등 여전히 과제가 남아 있습니다.

더욱이 세계 전체를 봤을 때는 진보를 이루었어도 지역별, 나라별로 보면 달성도에 큰 차이가 있고, 나라 전체로는 개선이 된 것처럼 보여도 성별, 수입, 민족, 도시와 농촌 등 여러 그룹별로 모아 보면 큰 격차가 있습니다.

MDGs의 달성 기한이 가까워지는 2012년 전후로 그 다음 목표를 어떻게 할지에 관한 논의가 활발해졌습니다. 국제사회가 움직이는 만큼 '손이 닿는 사람들'에게는 지원의 손길이 머물렀지만, '손에 닿지 않은 사람들'은 아직도 남겨진 채입니다. 이런 문제의식을 바탕으로 지금까지는 없었던 '격차'의 해소가 새로운 목표 중 하나가 되었고 2016년부터 2030년까지의 '지속 가능한 개발목표(SDGs)'에 추가되었습니다. '한 사람도 빠짐없이'를 중심으로 계획이 정해진 것입니다.

또한 2012년 열린 'UN 지속 가능한 개발에 관한 회의'에서 지구 허용량의 한계(Planet Boundary)를 염두에 두고 개발을 진행하기로 결정했는데, 그것을 이어받아 2015년 9월 국제연합 총회에서는 SDGs의 책정에 관해서 '개발'과 '환경'을 따로 구분하지 않고 통합해서 의논하였습니다(가맹국 만장일치로 채택). 목표 개수도 MDGs의 8개에 비해 대폭 늘어 17개가 되었습니다. 더 나아가 SDGs에서는 '모든 빈곤을 없앤다'와 더불어 새롭게 '격차를 없앤다'가 추가되었습니다.

목표	2000년		2015년	
1. 극도의 빈곤과 기아 퇴치 1일 1.25달러 미만으로 생활하는 사람들의 비율을 반으로 줄인다.	극도의 빈곤 속에 사는 사람 (1999년) **17억 5100만** 명	➡	8억 3,600만 명	
2. 보편적인 초등교육의 달성 모든 아이가 남녀구별 없이 초등교육 전 과정을 수료한다	개발지역 초등학교의 순취학률(1999년) **83%**	➡	91%	
3. 남녀평등과 여성의 지위 향상 모든 교육 수준에서 남녀 격차를 해소한다.	남자에 대한 여자 초등학교 취학률 사하라 이남　아프리카 **85%**　**84%**	➡	사하라 이남 아프리카 93%	남아시아 100%
4. 영유아 사망률을 낮춤 5세 미만 영유아 사망률을 1990년의 3분의 2로 낮춘다.	5세 미만 영유아의 전 세계 사망률 (1990년) **1270만** 명	➡	600만 명	
5. 임산부의 건강 개선 임산부 사망률을 1990년의 4분의 3으로 낮춘다.	임산부 사망률 (출산 10만 명당) **380**	➡	(2013년) 210	
6. HIV/에이즈, 말라리아, 그 외 질병의 만연 방지 HIV/에이즈 등의 질병을 방지하고 치료자의 수를 늘린다.	항 레트로바이러스 치료를 받은 사람(2003년) **80만** 명	➡	(2014년) 1,360만 명	
7. 깨끗한 환경의 지속가능한 확보 안전한 식수를 지속적으로 이용할 수 없는 사람을 반으로 줄인다.	개량된 식수원을 사용하는 사람 (1990년) **76%**	➡	91%	
8. 개발을 위한 지구 규모의 파트너십을 구축 정보통신 기술을 유효하게 활용한다.	인터넷 보급률 **6%**	➡	43%	

출처: UN 밀레니엄 개발 목표 보고 2015

＊보고서는 이 사이트에서 전문을 확인할 수 있습니다. http://www.un.org/millenniumgoals/ (영어)

＊SGDs의 상세는 이 사이트에서 확인할 수 있습니다. http://www.savechildren.or.jp/sdgs (일본어)

SDGs는 그 선언문인 '2030아젠다'에서 다음과 같이 언급했습니다.

"이 위대한 공동 여행을 함께하는 데 있어 <u>우리는 한 사람도 빠뜨리지 않을 것을 맹세한다.</u> 사람들의 존엄은 기본적인 것이라는 인식하에, 목표와 구상이 모든 나라와 모든 사람 및 사회의 모든 부분에서 만족할 것을 소망한다. 그리고 우리는 <u>가장 뒤처진 곳에 제일 먼저 손을 뻗도록 노력할 것이다.</u>"

("우리들의 세계를 혁신한다: 지속가능한 개발을 위한 2030 아젠다[01]」 파라그래프4. 밑줄은 필자에 의함)

변혁을 지원하는 자금을 우리들의 미래로

한 사람도 빠뜨리지 않기 위해서는 이를 위한 정치적 의사도 분명해야 함은 물론이고 다양한 제도의 '혁신'이 필요합니다. 구체적인 데이터, 현지 사정, 상황에 따른 사소한 지원도 중요한 것이지요. SDGs가 문서의 제목을 '우리들의 세계를 혁신한다'라고 한 것은 이런 이유 때문입니다.

2030년까지 이런 혁신을 이루기 위해서는 막대한 자금이 필요합니다. 금액은 몇조 달러에 이를 정도지요. 그에 비해 정부개발원조(ODA) 금액은 겨우 몇십억 달러일 뿐입니다. 이런 이유로 부족한 자금을 어디에서 가져올지에 대한 논의가 이뤄지고 있습니다.

SDGs가 국제연합에서 채택되기 직전, 에티오피아의 수도 아디스아바바에서는 이 자금에 대해 토론하는 '제3회 UN 개발자금조달 국제회의'가 열렸습니다. 이 회의에서 ODA와 더불어 민간자금 활용이 중요하다는 결론을 내렸습니다.

---

1) 일본 외무성 번역. http://www.mofa.go.jp/mofaj/files/000101402.pdf

더욱 중요한 것은 외국으로부터 원조와 투자를 받는 것뿐만 아니라 국내에서 모은 자금을 잘 사용할 수 있도록 한다는 것이었습니다. 즉, 그 나라에서 세금을 제대로 확보하는 것도 중요하다는 점을 논의한 것이지요. 하지만 가난한 사람에게서 세금을 거두면 점점 더 빈곤과 격차는 심해질 수도 있습니다. 그렇기에 누진과세처럼 고소득층으로부터 확실하게 과세할 수 있는 시스템을 마련하는 사회적 공평성을 중시하는 제도를 마련하는 것도 중요합니다.

원래 국가의 세수였을 많은 자금이 탈세와 과도한 절세, 위법한 무역거래 등으로 인해 부정하게 국외로 유출되고 있는 현실입니다. 개발도상국에서 발생하는 '부정한 자금 유출'은 너무나 방대하여, 2004년부터 2013년까지 약 10년 동안 7조 달러 이상에 이른다고 추정하기도 합니다.[02] ODA가 개발도상국에 1달러의 지원금을 보내면 10달러가 부정하게 유출되는 꼴입니다. 이 금액은 ODA와 민간에 의한 해외 직접투자를 합친 액수보다 더 큽니다.[03]

부정한 자금 유출은 인권과 관련된 큰 문제입니다. 원래라면 국고에 들어가 교육과 보건에 쓰여야 할 돈이 사라지고 있습니다. 예를 들어 볼까요? 무역을 하면서 정당하지 못한 가격 조작을 일으켜 서브사하라 아프리카(아프리카대륙 북부에 있는 사하라 사막의 남쪽 절반이며 가장 빈곤한 지역)에서 유출되는 자금이 150억 달러에 이릅니다. 원래라면 국가 세수입이 되어야 할 돈입니다. 국제 NGO인 '세이브 더 칠드런'은 이 돈만 있다면 180

2) Illicit Financial Flow from Developing Countries:2004-2013, GFI.
   http://www.gfintegrity.org/wp-content/uploads/2015/12/IFF-update_2015-Final.pdf
3) 위와 같음

만 명가량의 건강한 성인을 고용하는 것이 가능하고, 엄마와 아이들의 건강도 지킬 수 있다고 호소합니다. [04]

위법한 자금 거래를 대폭 삭감하는 것도 SDGs가 하는 구상 중 하나입니다. [05] 국제사회에서는 탈세라는 확실한 위법 행위뿐만 아니라 텍스 헤븐 같은 '세금회피' 대책도 논의 중입니다. 다국적 기업이 이익을 얻은 나라에서 제대로 세금을 내게 하는 국제적 구조를 구축하고 그러한 기업에게 '책임 있는 세무'를 이행하도록 하는 것은 자금 수요와 공급의 방대한 차이를 메꾸고 돈에 관한 세계 구조를 공정하게 만들기 위해서 빼놓을 수 없는 중요한 논제입니다.

SDGs가 추구하는 목표의 높이나 그들이 필요하다고 말하는 자금의 양은 우리가 사는 세계가 처한 위기 상황을 그대로 보여줍니다. 하지만 목표가 있다면 사람은 이를 향해 나아갈 수 있습니다. 이것이 MDGs가 우리에게 가르쳐준 것이며, SDGs가 우리에게 요구하는 것이 아닐까요?

---

04) Making a Killing, Save the Children UK.
   http://www.savethechildren.org.uk/sites/default/files/images/Making_a_Killing_NCBTD.pdf
05) 타겟 16.4

일본 아이들의 빈곤을 해결하는
가장 확실한 방법

미와 요시코 (みわ よしこ)

도쿄 이과대학 대학원 석사 과정 수료 후, 기업 내 연구자로 근무하다가 2000년부터
과학·기술 분야를 중심으로 프리라이터로 활동 중이다. 현재는 리쓰메이칸대학 첨단
종합학술연구과 석·박사 통합 과정에 편입하여 생활보호제도 연구를 하는 한편, 사회
보장과 고등교육까지 분야를 넓혀 집필 활동을 하고 있다. 저서로는 《리얼 생활보호》,
《알고리즘의 책》 등이 있다.

최근 몇 년간 '아이들의 빈곤'이 사회문제로 떠올라 관심을 모으고
있습니다. 2013년 6월에는 '아이들의 빈곤 대책법'이 만들어졌습니다.
2013년 12월, 생활보호법 개정과 함께 성립한 '생활 빈곤자 자립지원법'
에는 빈곤세대 아이들의 학습을 어떻게 도울 것인지에 관한 내용이 들어
있습니다. 2014년에는 내각부에 '아이들의 빈곤대책본부'가 설치되었습
니다. 또한 시민운동 분야에서도 '아이들 식당' 활동이 급속하게 펼쳐지
는 등 여러 움직임이 있습니다.

이런 다양한 정책으로 우리는 어떤 효과를 기대할 수 있을까요? 부족
한 것이 있다면 어디에 어떻게 존재할까요?

'돈'으로 분단되어 가는 일본

일본의 상대적 빈곤율은 근래 몇십 년에 걸쳐 계속 증가하는 추세입니
다. 상대적 빈곤율이란 그 지역과 사회에서 '보통'의 생활을 위한 비용이
부족한 사람들의 비율입니다.

1997년에 14.6%였던 일본 가구의 상대적 빈곤율은 2012년에는 16.1%로 늘어났습니다. [06]

아이들이 있는 가정의 빈곤율은 1997년 13.4%에서 2012년 16.3%로 급격하게 증가했습니다. 그중에서도 유난히 한 부모 가정의 빈곤이 심각합니다. 일본 후생노동청이 2015년 발표한 『국민생활 기초조사』에 따르면 이들의 상대적 빈곤율은 54.6%입니다.

또한 최근 15년간 일본 전체에서는 고령화가 진행되어 이들의 빈곤도 확대되고 있습니다. 2001년에 1.8%였던 생활보호율이 점점 상승하는 배경에는 고령화가 가장 큰 부분을 차지합니다. 이와 더불어 저출산도 진행되고, 현실적으로 아이들의 빈곤은 더욱더 확대되는 상황입니다.

'아이들 6명 중 1명이 빈곤'하며 '한 부모 가정의 반수 이상이 빈곤'이라는 사실은 현재 일본에서 상식처럼 받아들이고 있습니다. 그런데 부유층이 많은 지역에서는 '빈곤한 아이가 어디 있나요? 저는 본 적이 없는데요'라고 말하는 사람도 있습니다. 마치 일본이라는 나라가 부유한 가정과 빈곤한 가정 둘로 나뉘어 각각 존재하는 것처럼 보일 지경입니다.

부유한 가정과 빈곤한 가정은 지역으로 나뉘어 뚜렷하게 분리된 경우도 있고, 같은 지역에 섞여 있는 경우도 있습니다. 바로 옆에 있다고 해서 인간적인 교류가 생겨서 상호이해로 이어진다고 볼 수는 없습니다. 오히려 서로의 차이를 가까이에서 보는 탓에 혐오와 반감이 일어나기도 할 것입니다.

충분하진 않아도 일본에서는 빈곤한 가정의 아이들을 지원하기 위해

---

06) 한국은 1997년에 8.2%에서 2016년에는 11.0%가 되었습니다.

마련된 제도가 엄연히 존재합니다. 아이들을 위해 쓸 수 있는 돈을 부모에게 직접 주는 제도도 있습니다. 하지만 돈을 받은 부모는 아이들의 급식비나 교재비를 내는 것이 아니라 그동안 체납된 수도, 가스, 전기세 등을 내는 데 돈을 쓰기도 합니다. 부유한 가정의 부모들은 '아이들을 위한 돈인데 왜 급식비를 내주지 않지?'라는 생각을 하기 쉽습니다. 하지만 부모가 집을 잃어 수도와 전기를 쓰지 못하면 아이들은 학교에 갈 상황조차 만들 수 없습니다. 그러니 '급식비보다는 집세'라는 선택을 한 부모를 함부로 비난할 일은 아니지요. 부유한 가정의 부모들은 그 배경을 잘 이해하지 못합니다.

부유한 가정과 빈곤한 가정의 아이들이 자라는 환경은, 의식주나 부모와 이웃 어른에게서 배우는 인간관계, 문화를 접할 기회 등 모든 부분에서 크게 차이가 납니다. 공립 중학교는 부유한 가정과 빈곤한 가정의 아이들이 같은 반에서 만날 수 있는 좋은 장소입니다. 하지만 초등학교 1학년이 되어 학교 교육의 출발선에 선 순간, 두 가정의 아이들이 놓인 상황은 이미 공평하지 못합니다. 교복이 있는 지역은 교복 상태로 가정의 상황이 드러나 보이기도 하고, 아는 문자나 단어의 양도 차이가 납니다. 가정에서 먹는 것이 무엇인지에 따라 신체 크기가 달라지는 것을 포함해 발달에도 차이가 생깁니다.

제2차 세계대전에 종군하였다가 영국군 포로로 잡힌 경험이 있는 역사학자 아이다 유지(会田雄次) 씨는 《아론의 수용소》라는 제목의 체험기에서 계급사회의 놀라움을 이야기했습니다. 계급과 체격 차이에 밀접한 관계가 있었기 때문이었지요. 현재의 일본은 이미 전쟁 전의 영국처럼 계급

사회, 신분제사회로 이루어져 있는지도 모릅니다.

빈곤을 해결하는 방법은 아주 단순하다

서로 이해한다는 것은 아주 중요합니다. 하지만 현재 그보다 더 중요한 것은 일본 전체에 있는 빈곤한 가정의 사람을 빈곤하지 않게 하는 일입니다. 왜냐하면 빈곤한 채로는 사회 제도 안에서 제대로 살아갈 수 없기 때문입니다. 하지만 빈곤한 가정의 사람이 사회에 제대로 발을 들이면 부유한 가정과 빈곤한 가정 모두가 서로의 사정을 알고 깊이 이해할 수 있습니다. 협력도 가능하겠지요.

그렇다면 빈곤한 가정의 사람은 어떻게 하면 사회 제도에 잘 참여할 수 있을까요?

먼저, 눈에 띄는 가난과 배고픔이 없고, 몸과 마음에는 약간의 여유가 있으며, 빈곤한 가정의 사람을 두려워하거나 피하려 하는 상황이 생기지 않는 상태가 중요합니다. 예를 들어 부유한 가정의 사람이 영화를 보고 와서 받은 감동을 이야기할 때, 빈곤한 가정의 사람이 "돈 내고 영화를 보다니 얼마나 좋을까?"라고 하는지 혹은 "좋은 영화였나 봐요. 다음 주에 저도 보러 가야겠어요."라고 말하는지에 따라 둘 사이의 관계는 크게 바뀔 것입니다.

수많은 행복한 상황이 만들어지려면 다른 사람과의 교제와 오락을 포함해 사회의 많은 사람이 '보통'이라고 느끼는 기본적인 삶을 누릴 수 있어야 합니다. 이것은 절대적 빈곤도 상대적 빈곤도 아닌 평범한 삶이어야 하며, 일본 헌법 제25조가 말하는 '건강하고 문화적인 최저한도의 생활'

입니다. 그런 평범한 생활을 누리려면 빈곤이라는 장애를 해소하기 위해 필요한 정도의 돈이 빈곤 상태에 처한 사람 모두에게 돌아가야 합니다. 이것은 생활보호 같은 공적원조, 수당, 연금 등 형태는 다양합니다. 일한 후에 지급받는 보수도 돈을 전달하는 방법 중 하나입니다. 시력이 좋지 않은 사람은 안경이 필요한 것처럼 빈곤 상태의 사람이 사회에 참여하여 살아가려면 그것을 해결할 돈이 필요합니다.

일하면 빈곤문제가 해결된다고 단정할 수는 없습니다. 물론 충분한 수입이 들어오는 직업을 갖는다면 돈의 빈곤은 해결되겠지요. 하지만 빈곤한 상태인 사람이 할 수 있는 일은 보수가 최저 임금 수준인 경우가 많습니다. 특히 한 부모 가정에서 아이를 부양하려면 두 가지 일을 하면서 장시간 노동을 해야 하는 경우도 있습니다. 그런 가정의 부모는 시간과 체력은 물론 마음의 여유마저 잃어 아이들에게 가는 관심과 시간은 자연히 줄어듭니다. 이처럼 돈의 빈곤이 다른 유형의 빈곤으로 바뀝니다.

결국 빈곤 상태의 사람에게 돈을 주지 않으면 빈곤 문제를 해결할 수 없습니다. 어떻게든 부유한 가정에서 빈곤한 가정으로 돈을 이동시킬 필요가 있습니다.

'아이들 식당'과 학습지원만으로는 근본적인 문제가 해결되지 않는다

돈이 많다고 해서 빈곤한 가정에서 한창 자라나는 아이들을 당장 구해낼 수는 없습니다. 자기를 위한 돈이 있다고 해도 그것을 스스로 우유나 기저귀로 바꿔서 생활할 수는 없기 때문에 도움을 줄 누군가가 있어야 하지요. 아이를 위해 필요한 물품을 사고, 먹여주고, 사용하도록 해 주어야 합니다. 돈은 물론 필요합니다. 하지만 돈만으로는 부족합니다.

'돈만으로는 부족하다'는 부분을 보충해주는 제도가 바로 '아이들 식당'과 '학습 지원'입니다. 균형 잡힌 영양 있는 식사를 지역 사람들과 함께 먹을 기회는 부모의 경제력과 상관없이 모든 아이에게 필요합니다.

하지만 이런 활동은 상처에 붙이는 반창고에 비유되기도 합니다. 반창고가 할 수 있는 일은 상처를 지키고 숨겨줄 뿐입니다. 중요한 역할이긴 하지만 상처와 병이 생기는 원인을 해결하지는 못합니다. 미국에서 나타난 푸드뱅크도 2000년 이후부터 줄곧 '반창고에 불과하다'는 비판을 받고 있습니다.

부유한 가정에서 빈곤한 가정으로 돈이 움직이지 않는다면 아이들의 빈곤은 해결되지 못합니다. 아이들 식당과 학습지원의 결정적인 무력함은 돈을 거의 이동시키지 못한다는 데에 있습니다.

'현금 지급 알레르기'를 넘어서

아이들의 빈곤을 해소하기 위해서는 부유한 가정에서 빈곤한 가정으로 돈을 움직이고, 아이들을 돌보는 어른들에게 돈이 지급되어 아이들이 있는 가정의 빈곤을 해결하는 데에 쓰이도록 해야 합니다.

현금을 받은 부모는 급식비보다는 집세와 수도, 그리고 전기세를 먼저 낼 수도 있습니다. 아이는 굶긴 채 배고파하는 아이 앞에서 피자를 시켜 먹으며 아이를 학대할 수도 있지요. 파친코 도박을 하거나 위법약물을 하면서 돈을 탕진할 수도 있습니다.

이런 안타까운 현실은 '가난한 부모에게 현금을 주어서는 안 된다'는 생각의 배경이 되기도 하지요. 저소득층의 부모에게 현금을 지급하는 것에 반대하는 마음을 '현금 지급 알레르기'라고 부를 정도입니다.

그렇다고 해도 지금 우리 사회의 어른들은 빈곤 상태에 처한 부모와 아이들에게는 현재 돈이 없다는 사실에 관심을 가져야 합니다. 이 문제를 가장 빨리 해결하려면 빈곤한 가정의 부모들에게 현금 지급을 제대로 해야 한다는 생각을 가져야 하며, 마음속의 '현금 지급 알레르기'를 극복하는 것이 중요합니다. 더 나아가 '빈곤한 아이의 부모에게 현금을 지급하라'고 한 목소리를 내야 하며, 실행하지 않는 정부와 역행하는 정책을 비판하고, 선거에서는 투표로서 보여주는 노력을 끈기 있게 계속해야 합니다.

사람이 바뀌면 사회도 바뀌고 움직입니다.

진심으로 '아이들의 빈곤을 해소시키리라'는 결심을 하고 이를 위해 필요한 돈을 움직이기 위해서 목소리를 내는 일, 다음 선거에서도 심사숙고하여 투표하는 것, 그것이 바로 지금 당신이 혼자서 시작할 수 있는 사회 변혁입니다.

확대하는 격차를 해소하는 처방전, 글로벌텍스의 실현

우에무라 타케히코 (上村雄彦)

UN 식량농업기구 환경 담당관으로 일했다. 치바대학 대학원 인문사회과학대학 연구과 부교수 등을 거쳐 현재는 교수로 요코하마시립대학에서 글로벌 정치론과 글로벌 공공정책론을 가르치고 있다. 저서로 《불평등을 둘러싼 전쟁》, 편저로 《세계의 부를 재분배하는 30가지 방법》 등이 있다.

무서울 정도로 격차가 벌어진 세계

《세계가 만일 100명의 마을이라면》-부자 편에서도 볼 수 있듯이, 현재 세계 75억 명의 인구 중 8억 명이 빈곤과 영양실조로 고통받고 있습니다. 그런데 단 0.14%의 부유층이 세계 금융자산의 81.3%를 가졌고, 62명이 세계 하위 36억 명분의 부를 가지고 있는 등 무서울 정도로 격차가 벌어졌습니다.

이 책을 읽고 뭔가 먼 세상의 이야기라고 느끼는 분도 있을지 모릅니다. 하지만 일본에 사는 6명의 아이 중 1명이 빈곤 계층이며, 30% 이상의 세대가 예금과 저축을 포함한 금융자산이 제로라는 사실을 알게 된다면 우리와 결코 무관한 이야기는 아니라는 것을 깨닫게 됩니다.

일본도 세계도 이전보다 경제 규모는 커지고, 기술은 진보하고, 교육도 더욱 보급되었고, 위생상태도 개선되었는데 왜 빈곤은 사라지지 않고 격차는 계속 벌어지기만 하는 것일까요?

이를 이해하는 키워드가 바로 돈입니다. 여기서는 이것을 (1) 텍스헤븐, (2) 머니게임 경제, (3) 이것들을 타파하는 해결책 역할의 글로벌텍스라는 세 가지 관점에서 검토해 보겠습니다.

파나마 문서가 밝힌 텍스헤븐의 문제

2016년 4월, '국제 조사 보도 저널리스트 연합'이 파나마의 법률사무소에서 누설된 기밀문서인 소위 '파나마문서'를 세계에 공표하여 큰 화제가 되었습니다. 문서를 통해 러시아 푸틴 대통령의 측근, 중국 시진핑 국가주석의 친족, 홍콩 배우 성룡 같은 저명한 정치가와 경영자, 유명인의 재산은닉과 조세피난처 실체가 드러났고 아이슬란드의 수장은 자리에서 내려와야 했습니다.

파나마문서가 밝힌 내용은 텍스헤븐 문제입니다. 조세피난처를 뜻하는 이 단어는 '그곳으로 돈을 가져가면 자국에서 세금을 내지 않아도 되고, 이름도 공개되지 않으며, 마음대로 돈을 넣고 빼고 할 수 있는 나라와 지역'을 말합니다.

텍스헤븐 덕분에 엄청난 돈을 번 부유층과 대기업은 어떤 곳에도 세금을 낼 필요가 없었습니다. 원래라면 국고에 들어가야 할 많은 돈이 엉뚱한 곳에 숨어 있으니 정부는 충분한 사회서비스를 제공할 수 없다는 것을 의미합니다. 또 부유층과 대기업이 세금 내는 것을 회피한 탓에 소비세와 세율이 상승하여 서민들이 피해를 입고, 대량의 국채를 발행하여 미래 세대까지 그 책임을 지어야 합니다. 점점 격차가 확대될 뿐만 아니라 서민의 구매력을 저하시켜 결과적으로 경기 침체로도 이어집니다.

비밀성이 가장 큰 문제

텍스헤븐의 가장 큰 문제는 비밀적이라는 데에 있습니다. 텍스헤븐은 고객의 정보를 숨기는 데서 끝나지 않고 고객의 요구에 따라서는 국적과 이름도 바꿀 수 있습니다. 아무리 나쁜 짓을 해서 모은 돈이라도 텍스헤븐을 통하면 '깨끗한' 돈으로 둔갑하여 돌아오고, 돈이 어떻게 흘러갔는지도 보이지 않습니다. 이를 자금세탁이라고 합니다. 마약매매, 테러자금, 불법무기 거래도 이렇게 세탁되어 범죄, 테러, 분쟁을 만들어 냅니다. 그리고 무엇보다도 빈곤을 조장합니다.

그렇다면 텍스헤븐에는 얼마나 많은 돈이 은닉되어 있을까요? 1달러를 110엔으로 계산했을 때, 이 금액은 개인 자산만으로도 2,130~3,520조 엔이며, 기업의 재산까지 포함하면 대략 5,000조 엔이라고 짐작됩니다. 일본의 연간 세수가 50조 엔 정도이니 그 100배에 달하는 규모입니다. 2015년의 세계 총 GDP인 8,030조 엔과 비교해 보아도 텍스헤븐에 은닉된 자산은 세계 GDP의 절반이 넘는 규모입니다.

이런 상황이라면 일본을 포함하여 세계 전체가 아무리 경제 성장을 해도 정부에는 충분한 돈이 들어오지 않아 사회보장이 확충되지 않습니다. 더욱이 부유층과 대기업을 제외한 서민에게는 돈이 돌아가지 않습니다.

문제는 이뿐만이 아닙니다.

검은돈은 머니게임으로

텍스헤븐에 흘러들어간 자금의 대부분은 머니게임으로 갑니다. 실제로 세계에 있는 은행 자산의 절반 이상이 텍스헤븐을 경유하여 송금되고, 국제적인 은행 업무와 채권발행의 약 85%가 텍스헤븐에서 이루어지고 있습니다. 주식, 채권, 통화, 금융 파생상품 등에 거액의 자금을 투자(투기)하여 그 차익금으로 돈을 버는 이 게임에서 부유층과 대기업은 우리가 '근면'하게 일해서 결코 벌 수 없는 거대 이익을 손에 넣을 수 있습니다.

이 머니게임의 경제규모는 2012년의 데이터를 보면 실제 2경 9,480조 엔입니다. 같은 해 실제 경제인 세계의 GDP 총액이 8,140조 엔이었으니 머니게임의 경제는 실제의 3배 이상인 것입니다.

머니게임의 경제는 이에 참가하는 부유층과 대기업의 배를 일방적으로 불려주어 격차를 벌릴 뿐만 아니라 리먼쇼크로 대표되는 여러 번의 외환위기와 금융위기를 일으켰고, 실제 경제가 파멸되도록 영향을 주었습니다.

지금은 1초간 1,000번 이상의 거래를 행하는 고빈도 거래가 금융 거래의 주류가 되어 있지만, 이것이 금융시장의 안정성을 해치는 등 큰 문제로 거론되고 있습니다.

텍스헤븐과 머니게임 경제를 해결하기 위해서

격차와 빈곤의 원인은 많습니다. 하지만 결국 격차와 빈곤은 이상할 정도로 텍스헤븐과 머니게임을 빼고는 말할 수 없습니다. 그렇다면 텍스헤븐을 없애고 머니게임의 경제를 억제하면 될까요? 그 열쇠가 바로 글로벌텍스입니다.

글로벌텍스는 크게 보자면 '글로벌 시대의 지구를 하나의 나라로 보고 지구 규모에서 세금을 거두는 것'입니다. 구체적으로는 ① 세계에서 과세에 관한 정보를 공유할 것, ② 국경을 초월한 혁신적인 과세를 실시할 것, ③ 과세, 징세, 분배를 위한 새로운 거버넌스(통치)를 창조할 것, 이 세 가지의 기둥이 있습니다.

처음에 언급한 '세계에서 과세에 관한 정보를 공유할 것'은 바로 텍스헤븐 대책입니다. 세계를 상대로 경영하는 다국적 기업에 대해 국가별로 재무정보를 제출하게 하는 것입니다. 세계의 세무담당국이 자유민의 은행계좌정보를 서로 교환함으로써, 이익의 총액을 파악하고 합산하여 과세하게끔 유도하는 것이지요. 이는 과세를 위한 정보를 공유하는 등 불투명한 자금의 흐름을 꿰뚫어 보아 조세회피를 막는 구체적인 대책입니다. 그리고 이미 시작되었습니다.

두 번째 기둥은 실제로 혁신적인 세금을 부과하는 것입니다. 이 관점에서 보자면 글로벌텍스는 '국경을 넘는 글로벌한 활동에 세금을 부과해 나쁜 활동을 억제하고, 세수를 지구 규모의 과제를 해결하는 데에 보충하는 세금제도'입니다. 여기에는 지구탄소세, 금융거래세, 무기거래세 등 다양한 형태가 있습니다.

예를 들어 지구탄소세는 지구온난화의 원인 중 하나인 이산화탄소를 배출하는 것에 세금을 부과하는 구조입니다. 이산화탄소를 배출하면 할수록 세금이 부과되므로 될 수 있는 한 이산화탄소를 삭감하는 구조와 이어지며, 세수는 온난화대책에 쓸 수 있는 일석이조의 효과를 낳습니다.

금융거래세는 주식, 채권, 통화, 금융 파생상품 등 금융상품 거래를 하면 할수록 세금이 올라가는 시스템입니다. 앞서 컴퓨터로 1초간에 1,000번 이상의 거래를 하는 고빈도 거래에 대해 짚어 보았는데, 만약 금융거래세를 실시하면 거래를 하면 할수록 비용이 드니 그런 거래를 억제할 수 있습니다. 더욱이 높은 세금은 격차와 빈곤문제 해결에 도움을 줍니다.

마지막 기둥은 과세, 징세, 세수의 분배를 위한 거버넌스입니다. 거버넌스란, '다양한 활동가들에 의한 과제 설정, 규모 형성, 정책 형성, 결정, 실시를 포함한 공동 통치'를 말합니다. 이 관점에서 보면 현재 지구 사회는 부를 가진 1%의 강자에 의해 운영되며, 대다수의 약자와 가난한 사람들의 의견은 거의 반영되지 않는 구조로 이루어져 있습니다.

이러한 지구 사회가 글로벌텍스의 도입에 의해 더욱 민주적인 운영으로 바뀔 가능성이 있습니다. 왜냐하면 납세자는 자릿수도 달라지고 다수이며 다양해지는데 그들에게 설명하라는 책임을 맡기려면 돈의 흐름을 투명하게 보여주어야 하며 세금의 사용처에 대해서도 여러 활동가가 관여하여 민주적인 결정을 해야 하기 때문입니다.

마지막으로

글로벌텍스가 꿈나라 이야기처럼 들릴지도 모릅니다. 하지만 이 책에서도 언급했듯이 이미 항공권연대기금은 시행되었습니다. 그리고 금융거래세에 대해서도 프랑스, 독일, 스페인, 이탈리아를 포함한 10개국이 도입을 위해 움직이고 있습니다. 이런 움직임 속에서 일본은 어찌할까요? 세계에서도 일본에서도 분명 이처럼 크게 확대된 격차를 해결할 수 있는 처방전이 있을 것입니다. 이 책이 일본에서도 글로벌텍스를 도입하는 데 이정표가 되기를 염원하며 그에 관한 해설을 대신하고자 합니다.

〈숫자〉의 출처와 주석

본문에 사용된 숫자는 2016년 10월 각 전문기관의 각종 통계, 연감 등의 데이터를 참고하였습니다. 하지만 입수한 데이터가 몇 년 전 것도 있기도 해서 약간의 오차는 사실에 기반한 픽션으로 처리했습니다. '100인이 사는 마을'로 환산할 때 발생한 소수점 이하의 숫자들에 대해서도 실제 수와 약간의 차이가 발생한 경우도 있습니다.

P10-19 인구 통계는 유엔 인구 부서 『세계인구추계 2015년 개정판 〈Wolrd Population Prospects, the 2015 Revison〉』을, 슬럼인구는 유엔 헤비타트 『World Cities Report 2016』을, 종교별 인구는 『브리태니커 국제연감 2016』(브리태니커·재팬)을 각각 참조했다. 그리고 아이들은 0~14세, 노인은 65세 이상으로 계산했다. https://esa.un.org/unpd/wpp/ (유엔 인구부서), http://unhabittat.org/ (유엔 헤비타트)

P26 GDP 추이는 국제통화기금(IMF)의 〈World Economic Outlook Database〉를 참조했다. https://www.credit-suisse.com/ (크레디 스위스)

P27-28 세계의 총자산은 크레디 스위스 『글로벌 웰스 리포트 2015』가 발표한 "세계 일반가계 총자산 잔고는 250.1조 달러이고, 가장 부유한 상위 1%는 759,900달러 이상을 가진 사람이다. 상위 10%가 전 가계 자산의 87.7%를 가지고 있다"는 내용을 참조했다.

P30-31 빈곤과 기아의 개선에 대해 유엔 『밀레니엄 개발 목표보고 2015』가 "하루 1.25달러 미만으로 생활하는 사람은 1990년 47%에서 2015년 14%로, 개선된 식수를 사용하는 사람은 1990년 76%에서 2015년 91%로, 인터넷을 이용하는 사람은 2000년 6%에서 2015년 43%로 변화했다"고 발표한 내용을 참조했다.
또한 2000년 시점의 수치는 세계은행의 빈곤라인의 데이터 〈povcalNet〉 및 유니세프 『세계어린이백서 2002』를, 중국의 자가용 보유 대수는 『인민망 일본어판』(2015년 1월 26일 출판)을 참조했다. http://www.un.org./millenniumgoals/ (밀레니엄 개발 목표), http://ireserch.worldbank.org/PovcalNet/ (세계은행), http://www.unicef.or.jp/ (일본유니세프협회), http://j.people.com.cn/ (인민망 일본어판)

P37 일본의 급여실태는 일본국세청 『민간급여 실태조사』를 참조했다. 2000년을 기본으로 했을 때, 2015년까지의 증감을 가상하여 집계했는데 민간급여의 평균급여는 2000년 408만 엔에서 2015년 361만 엔으로 감소했다. 내부 유보(이익잉여금)의 실태는 일본재무성 『연차별 법인기업 통계조사』를 참조했다.
https://www.nta.go.jp/ (일본국세청), http://www.mof.go.jp/ (일본재무성)

P38-41 외국환율의 세계 공유 및 거래액은 국제결재은행(BIS)의 『Foreign exchange turunover in April 2016』을 참조했다. 하지만 환율공유는 매매로 합계 200%가 넘는 수치여서 알기 쉽게 100%로 환산한 것이다. http://www.bis.org/ (BIS)

P46 세계의 주식시가총액은 국제거래소연합(WFE)의 『WFE H1 2016 Market High lights』를 참조했다. http://www.world-exchanges.org/home/ (WFE)

P49 세계의 금융 자산에 대해서는 2014년 4월, 일본 내각부가 발표한 『국제금융센터, 금융에 관한 현상 등에 대해』에 나온 "2012년을 시점으로 금융자산 268조 달러, IMF에 의한 추계"라는 내용과 크레디 스위스 『글로벌 웰스 리포트 2015』를 참조했다.

P53 '갑부가 내는 세금'이란 소득세를 말한다. 일본재무성이 발표한 『소득세의 세율구조의 추이』를 보면 1974년의 최고세율은 75%, 2015년에는 45%이다.

P54-55 텍스헤븐(조세회피)의 규모에 대해서는 2016년 10월, 유엔 인권이사회의 전문가 그룹이 추계한 수치를 참조했다. 텍스헤븐에 있는 개인자산은 7~25조 달러로 추산되며, 조세회피를 하지 않았다면 각국이 징수할 수 있었을 세금의 총액은 적어도 수천억 달러로 여겨진다.

P58-59 아동노동은 유니세프가 2016년 발표한 〈UNICEF global databases〉에 나오는 "5~14세까지의 아이 1억 5,000만 명이 노동에 종사한다"는 내용을 참조했다.
초등교육 및 중등교육의 취학률과 5세 미만의 영유아 사망률은 유니세프가 2016년 발표한 『세계어린이백서』에 나온 "연간 590만 명이 예방 가능한 원인으로 인해 목숨을 잃는다"는 내용을 참조했다. https://data.unicef.org/ (유니세프)

P60 난민에 대해서는 유니세프 『세계어린이백서 2016』 및 유엔난민고등변무관사무소(UNHCR)의 『Global Trends 2015』를 참조했다. "무력전쟁으로 인해 피해를 입은 나라와

지역에서 생활하는 18세 이하 어린이들은 2억 5,000만 명이며, 난민 6,530만 명 중 51%가 18세 이하의 어린이"라고 한다.

http://www.unicef.or.jp/ (일본유니세프협회), http://www.unhcr.or.jp/ (UNHCR)

P62-63 '빈곤을 없애는 방법'으로 제시한 숫자 중 660억 달러는 극도의 빈곤선이라 일컬어지는 하루 1.25달러(단, 현재는 하루 1.9달러)에서 평균수입을 빼고, 빈곤에 처한 약 8억 명을 곱한 금액으로 계산한 것이다.

1,000억 달러는 첫째, 주로 개발도상국에서 일어나고 있는 5세 미만 영유아 사망률 및 임산부 사망률을 낮추기 위해 필요한 비용으로 세계은행에서 계산한 333억 달러, 둘째, 에이즈, 결핵, 말라리아 대책기금(GF)이 2014~2016년까지 부족했던 자금 260억 달러, 셋째, 세계보건기구가 발표한 3대감염증 외에 '뒤돌아보지 못할 열대병(NTDS)'이라고 불리는 17가지 감염증 대책에 필요한 340억 달러, 넷째, 유니버설 헬스 커버리지(UHC)가 목표로 한 모든 사람이 기초적인 보건의료 서비스가 필요할 때에 지급 가능한 비용을 받을 수 있는 금액 370억 달러를 합한 금액에서 80%를 책정한 것이다. 이상의 4가지 분야는 상호 간 영향을 주기 때문에 80%로 계산했다.

502억 달러는 개발도상국에 있는 빈곤층의 4분의 3이 사는 농촌지역의 영양개선과 농업의 발전, 그리고 식료안전보장에 이르기까지의 비용으로 국제연합농업식료기관(FAO)이 추가자금으로 언급한 액수다. 380억 달러는 초등교육과 중등교육을 위해 필요한 비용에서 현재 현장에 투입한 자금을 빼고 난 후의 금액이다.

268억 달러는 안전한 식수와 위생시설을 계속해서 이용하기 위해 드는 비용으로 세계보건기구가 언급한 비용이다. (이상, 『글로벌연대세 추진협의회 최종보고서』에서 발췌)

http://isl-forum.jp/ (글로벌 연대세 포럼)

P64 유엔의 주요기관 중 유엔개발계획(UNDP)의 연간예산은 약 45억 달러(2015년)이며, 유엔아동기금의 지출 총액은 약 51억 달러(2015년)이다. 그 합계를 기준으로 했다.

P66 미국의 경제지 《포브스》가 2016년 3월 2일 발표한 "10억 달러 이상의 자산을 소유한 '빌리어네어'는 전 세계에 1,810명, 순자산의 총액은 6.48조 달러"라는 기사를 참조했다.

http://www.forbes.com/ (포브스)

P69 외국 환율시장(통화)의 거래액은 국제경제은행(BIS)이 2016년 발표한 "1일당 거래액은 5조 880억 달러"라는 데이터를 참조했다. 본서에서는 1일 5조 달러를 외국환율시장의 거래 일수로 여겨지는 약 240일로 계산했다. 단, 세금을 부과하면 거래 자체가 줄

어든다고 알려져 있기 때문에 실현된다면 실제 세수는 줄어들 것이다.

P70-71 기후변화대책에 필요한 자금에 대해서는 다양한 기관이 내린 추계가 다르다. 완화책과 적응책으로 나누어 계산한 금액 중 최대치를 선택했다. 완화책에서는 국제에 너지기관(IEA)의 1조 1,000억 달러가 최대이며 적응책에서는 유엔환경계획(UNEP)이 최 대 5,000억 달러, 합계가 1조 6,000억 달러다. 또한 자금의 흐름이 선진국과 개발도상 국에서 대략 반반이라는 실적을 감안해 그 반인 8,000억 달러로 계산했다(『글로벌연대 세 추진협의회 최종보고서』에서 발췌). 이산화탄소 배출량은 에너지절약센터가 『EMDC/ 에너지, 경제통계요람 (2016년 판)』에서 발표한 "2013년 세계의 이산화탄소배출량은 약 329억 톤"이라는 것을 참고해서 약 300억 톤으로 명기했다.

P73 무기 거래에 대해서는 스톡홀름국제평화연구소(SIPRI)가 "2015년 세계의 무기 거래 금액은 약 286억 달러"라고 발표한 〈SIPRI Arms Transfers Database〉의 데이터를 참조 해 수출입을 각각 300억 달러로 계산해 실었다. https://www.sipri.org/databases/

P74-75 국제선 여객수는 국제민간항공기(ICAO)의 『The World of Air Transport in 2015, ICAO Air Transport Reporting Form A and A-S Plus ICAO estimates』를 참조했다.
항공권연대기금은 프랑스가 2006년 7월부터 도입하였고, 그 후 한국, 칠레, 카메룬, 콩 고공화국, 기니, 마다가스카르, 말리, 모리셔스, 니제르가 도입했다(UNITAID 『Audited Financial Statement for the year ended 31 December 2015』 참조).
프랑스의 경우 국내선과 국제선을 구별하여 이코노미클래스는 1.13유로/4.51유로로, 비즈 니스와 퍼스트클래스는 11.27유로/45.07유로를 받으며, 한국의 경우는 국제선에 일괄 1,000원을 부과하는 등 나라마다 과세방법은 다르다. 이 항공권연대기금으로 인해 2006 년부터 2015년까지 약 15억 달러를 받은 유닛에이드(UNITAID)는 그 자금으로 말라리아, HIV/에이즈, 결핵 치료약 등을 구입하였고 개발도상국에 배포하였다. 대량구입 덕분에 약값을 내리고 신약개발에도 공헌하고 있다. http://www.icao.int/ (ICAO), http://isl-forum.jp/ (국제연대기금포럼), http://unitaid.org/en/ (UNITAID)

P76 인구 추계는 유엔인구부서의 데이터를 인용했다.

P77 "서로 뺏으면 부족하지만, 서로 베풀면 남는다."(원문: うばい合えば足らぬ わけ合 えばあまる)는 일본의 시인이자 화가인 아이다 미쓰오(相田みつを)의 『생명 가득』에 수 록된 『서로 나누면』에서 인용했다.

세계가 만일
100명의 마을이라면 _ **부자 편**

초판 1쇄 인쇄 · 2018년 6월 28일
초판 1쇄 발행 · 2018년 7월 11일

지은이 · 이케다 가요코
영역 · 더글러스 루미즈
옮긴이 · 한성례
펴낸이 · 이종문(李從聞)
펴낸곳 · 국일미디어

등록 · 제406-2005-000025호
주소 · 경기도 파주시 광인사길 121 파주출판문화정보산업단지(문발동)
영업부 · Tel 031)955-6050 | Fax 031)955-6051
편집부 · Tel 031)955-6070 | Fax 031)955-6071

평생전화번호 · 0502-237-9101~3

홈페이지 : www.ekugil.com
블로그 : blog.naver.com/kugilmedia
페이스북 : www.facebook.com/kugillife
E-mail : kugil@ekugil.com

• 값은 표지 뒷면에 표기되어 있습니다.
• 잘못된 책은 바꾸어 드립니다.

ISBN 978-89-7425-646-3(03830)